U0084156

Gaea

Gaea

特殊傳說 II
恆遠之書篇 05
護玄——著

特殊傳說 II

恆遠之晝篇 05

目錄

特殊傳說 II

THE-UNIQUE-LEGEND

恆遠之書篇

登場人物介紹

Atlantis 學院

姓名：褚冥漾（漾漾）
年級/班別：高中二年級/C部
性別：男
袍級/種族：無/人類（妖師）
個性：非常普通的男高中生，個性有點怯懦，不太敢與人互動。

姓名：冰炎（學長）
性別：男
袍級/種族：黑袍/燄之谷與冰牙族後裔
個性：脾氣暴躁、眼神銳利。不過是標準刀子口豆腐心的好人～
目前狀況：沉睡中

姓名：米可蕥（喵喵）
年級/班別：高中二年級/C部
性別：女
袍級/種族：藍袍/鳳凰族
個性：個性爽朗、不拘小節，喜歡熱鬧。非常喜歡冰炎學長！

姓名：雪野千冬歲
年級/班別：高中二年級/C部
性別：男
袍級/種族：紅袍/？
個性：有點自傲，知識豐富像座小型圖書館；討厭流氓！兄控!?

登場人物介紹

Atlantis 學院

姓名：西瑞．羅耶伊亞（五色雞頭）
年級/班別：高中二年級/C部
性別：男
袍級/種族：無/獸王族
個性：個性爽朗、自我中心。出身於暗殺家族，打扮像台客。

姓名：萊恩．史凱爾
年級/班別：高中二年級/C部
性別：男
袍級/種族：白袍/人類
個性：個性隨意，存在感低、經常超自然消失在人前，執著於飯糰！

姓名：藥師寺夏碎
性別：男
袍級/種族：紫袍/人類
個性：個性淡泊，不喜過多交談，是個溫柔的好哥哥。
目前狀況：從醫療班逃跑中

姓名：席雷．阿斯利安（阿利）
年級：大學一年級
性別：男
袍級/種族：紫袍/狩人
個性：友善隨和，善於引領他人。

姓名：靈芝草（好補學弟）
年級/班別：高中一年級/C部
性別：男
種族：人參
個性：初入世界，所以很容易受到驚嚇，但是在奇怪的地方也有小聰明。

姓名：哈維恩
年級/班別：聯研部　第二年
種族：夜妖精
個性：種族自帶暗黑的陰險反骨天性，但對於認定的事物相當忠誠、負責。
平日也很認真在學習上。

登場人物介紹

其他

姓名：式青（色馬）
性別：男
種族：傳說中的幻獸．獨角獸
特色：能化為獸形或是人形
個性：只要美人希望我怎樣我就怎樣～

姓名：休狄．辛德森（摔倒王子）
種族身分：奇歐妖精族的王子
性別：男
袍級：黑袍
個性：看重血脈、家族、榮譽，厭惡隨便打交道。

姓名：九瀾．羅耶伊亞（黑色仙人掌）
身分：醫療班，鳳凰族首領左右手
性別：男
袍級：黑袍、藍袍（雙袍級）
個性：科科科科科……

姓名：黑山君
身分：時間之流與冥府交際處的主人
種族：不明
個性：不太有情緒起伏，性格相當謹慎細膩，偶爾會很正經地捉弄訪客。
特別說明：喜歡好吃的東西。

姓名：白川主
身分：時間之流與冥府交際處的主人
種族：不明
個性：看似大而化之、易相處，但心中自有衡量，很多事情都看在心中。
特別說明：喜歡會飛的東西，例如白蟻（？）

姓名：褚冥玥
身分：大二生，漾漾的姊姊
性別：女
袍級/種族：紫袍/人類（妖師）
個性：直率強硬，很有個性的冷冽美女。異性緣爆好！

登場人物介紹

其他

姓名：重柳族
身分：？
種族：時族
個性：非常正經認真、死守種族任務，
但思考並不僵化、能溝通。

姓名：安地爾
身分：耶呂鬼王高手
種族：似乎是鬼族（？）
個性：四分的無聊、四分的純粹惡意、一分的塵封友情、零點五的善意、零點三的不明狀態、零點一的退休狀態、零點一的觀光。
特別說明：最近都在泡咖啡。

第一話　海怪

從地底爬回地面，天色已經晚了，應該約是黃昏，重新調過的手錶顯示的也是傍晚時間，因爲上方遮蔽天空的植物枝葉太多，以致於我們所在位置相當黑暗，得點亮周圍才能看見可走的路。

光亮起時，可以看得出大家或多或少都有些累了。

萊恩揹著千冬歲，雖然已恢復許多，但千冬歲仍沒清醒，讓我很擔心，不過萊恩要我別想太多，只要妥善休息就會恢復，平常時候都是這樣，沒什麼大不了。

思考了下，正想問問大家要不要先返船時，我感覺到附近出現一些微弱的氣息，屬於白色種族那種乾淨的力量感，雖然隱藏得很好，可是最近我好像對這種東西越來越敏銳了，不知道算是好還是壞。

「公會。」哈維恩馬上就辨認出逐漸接近我們的存在。

來者也沒有遮掩自己的意思，很快地一名紫袍與兩名白袍出現在我們面前，全都是陌生面孔，三個人都板著張臉沒說話，就是那種從頭毛到腳趾甲寫滿了「沒事別惹我不然你就會有事」的類型。

萊恩迎上前，將地下的事簡略向那三人報告，很快地，他們消失在我們面前，估計高效率地去地下空間處理善後了；從頭到尾幾乎沒往我們這邊看一眼，活像我們這一大票人都是裝飾品。

這樣也好啦，不然還要花精神和他們溝通，感覺會很累。

「要先回船上嗎？」雖然之前好像說的是明天中午前，不過我看千冬歲的狀況不適合繼續待下去，應該要先回安全地方好好休養。就算萊恩說不用擔心，但是旁邊的人怎麼可能會不擔心，就像他們也會擔憂我一樣。

「不，恐怕得速戰速決。」萊恩給了我一個很謎的答案。

我疑惑地看著我的好友，等解釋。

「您不會以為你那腳什麼後遺症都沒有吧？」哈維恩冷冷笑了聲，倒是沒有白眼看我，只是拿說笑話一樣的嘲諷語氣開口：「那是海怪，被陰影影響過的海怪，心臟剛解除封印那瞬間牠必定會感應到，接著你又一腳把心臟踩爛，你認為這隻海怪在迴光返照的最後時間裡面不會衝過來對你復仇嗎？」

我靠！我還真沒想到這點！

而且你居然還知道這海怪會迴光返照衝過來找我復仇嗎！

迴光返照應該是先和牠的家人道別然後分配遺產才對吧，拿來復仇真的好嗎海怪！

我默默地抬起腳，看見腳底還黏著的渣渣，嘆了口氣，仰望黑壓壓的上方，全都是葉子和樹枝，什麼毛也沒有。

把腳底在地上左右轉幾下，感覺無語問蒼天啊。

「海怪還有多少時間？」我低下頭，很認命。

「你是指活著的時間還是到達時間？」哈維恩挑起眉，給了我幾聲不安的冷笑，「海怪就算心臟破碎也不會立刻死亡，牠們有另一個『力量核』支撐，瀕臨死亡時力量核會取代心臟，一口氣爆發出來，從那顆心臟的感覺來看，至少活個七天不是問題……至於到達時間嘛……」

一道像是恐龍咆哮的聲音從遠方傳來，聲音不算大，但完全可以知道那是超級遠的地方發出的巨大咆哮，餘音傳到我們這邊。

嗯，到達時間，現在。

我瞭。

這是一隻有七天時間可以寫好遺書分配財產，然後還順便來把我們打成肉醬的迴光返照海怪，並且開了大爆發的力量飆速過來。

很好，我完全明白會面對什麼東西。

你們就不能在我把心臟踩爆之前先告訴我嗎——！

「連鬼王和陰影都直面對抗過的人會怕海怪？」哈維恩不以爲然地白我眼，「膽子呢？」

我很怕。

誰跟你說我直面過鬼王和陰影不會怕的渾蛋！如果可以躲的話我也想躲啊！

「既然來了，就直接處理吧。」萊恩想了想，轉向好補學弟。

「如果你指望這東西，還不如把你朋友丟在路上被路過的吃掉算了。」哈維恩非常不給面子地說：「他只會逃走。」

「才不會！」好補學弟立刻氣氣地反駁，「我有向前衝！」

嗯，這個我可以保證，他眞的很會向前衝，然後把自己人撞死。

萊恩看了看好補學弟，又看了看千冬歲，我覺得我可以感受到他的爲難，身爲公會一員的責任是要與我們一起去把海怪給埋掉，但是他又想要確保千冬歲的安全，想找個戰場邊上的託付，不過眼前看一看，我和好補學弟是屬於不靠譜的類型，哈維恩是個戰力，他大概一時之間也不知道該怎麼辦了。

「我……我也可以挖個洞，然後兩個人一起埋……」好補學弟很拚命地想辦法證明自己。不過聽著這個證明我比較想把他自己埋進洞裡，之後填土夯實，讓他再也跑不出來。

「不用了。」萊恩打斷好補學弟的嘗試，「歲醒了。」

如同萊恩所說，千冬歲微微動了下，有些無力地按著萊恩的手睜開眼睛，慢慢站起身。

「……海怪靠近了嗎？」

「你聽到了？」萊恩確認搭檔可以站穩身子之後才鬆開手。

「嗯，聲音很大，隱約有聽到你們在說海怪的心臟。」千冬歲低頭按著額頭半晌，重新抬起頭時已經收斂掉疲態，換上執行任務時的認眞表情，「海怪逼近也會引起各方注意，你們不用擔心，會有人來協助處理，而且我們的船還在附近，不會那麼簡單就被海怪得逞，只要保護好破壞心臟的人就好，所以是誰？」

所有人的目光都往我這邊看過來。

……所以說，你們在我踩爛之前先說一聲不好嗎？

千冬歲咳了聲，有點無奈，「漾漾，下次這類破壞的工作，還是交由其他人來吧。」

「……我會記得。」

「不，你不明白我的意思。」千冬歲很沉重地拍拍我的肩膀，「黑暗詛咒的發起並不是只有隻身來找你復仇那麼簡單。就算我們現在消滅海怪，但是牠的詛咒力量會附著在你身上，日後其他相近的東西很容易會找上你，或是相關血緣的怪物也很可能對你進行報復。」

喔靠！意思就是牠一家老小還是會來找我復仇嗎！

我直接轉向哈維恩。這麼嚴重的事情應該早點告訴我啊！說好要輔助我呢！小夥伴的愛呢！友誼的小船呢！沉了嗎！

「你是黑暗之首的種族，怕什麼怪物報復。」哈維恩不以爲然地說：「您可以試試看妖師之首的詛咒和海怪的詛咒哪個比較厲害啊。」

友誼的小船是被你活生生鑿沉的對吧。

你想試然的詛咒也不要拿我當人體實驗啊啊啊啊啊啊！

雖然我也有點想知道就是，但是前提是事主不是我啊！

「總之，我們先找一處比較寬敞的位置，以防海怪破壞範圍太廣。」千冬歲看了我一眼，雖然有些擔憂，但不知是否我的錯覺，他根本也有一種想看看會發生什麼事的研究眼神。

你們都把友情放到哪裡去了？

我的心靈有些受傷，眞的。

最初的驚嚇過後，我還是得面對現實，畢竟哪次沒有面對現實過，就算尖叫哀號打滾，總是要乖乖地被命運玩弄。

尤其是我身邊還特多常常害我被玩弄的傢伙們……唉，算了，再提我都想哭了。

說到海怪，我第一個想到的其實是以前郵輪上看過的那些東西，外加從小到大動漫畫和電影中得來的既定形象，估計應該就是恐龍或是章魚怪之類的。

再加上來到這世界之後看見的東西也都很奇怪，所以我猜會衝上岸找我報復把我打成肉醬的應該就是個八爪大恐龍之類的，接著會看見我身邊友愛的夥伴們衝上去把恐龍給肢解，今天晚上就會這麼渡過，日常任務完成又一輪。

我是這麼想的。

千冬歲選了一片非常廣大的海灘，我是不知道他怎麼選的，他只說用術法探測顯示這裡是最佳地點，距離古渡口很遠、能大幅減少被波及到的東西。不過海怪出現當晌已經引起船上人員的注意，在我們抵達海灘同時，目的地已出現數名海上組織的成員，外加一名剛剛的公會白袍，每個人都很認眞地在海灘上開始前置作業。

放置陷阱的放陷阱，拉出大型結界的弄結界，身爲復仇中心的我被勒令要站在中間當誘餌不能亂動，以免什麼座標之類的偏離。我只好原地蹲下來玩沙，老實等待大家忙完還有海怪快點游泳衝過來。

早點打完早點收工。啊，我這心態，越來越不像人類了。

深夜的海灘原先很黑暗，在幾人忙碌一番後，周圍飄浮出好幾盞有著漂亮好看燈籠造形、溫暖的燈火，加上漫天星光與一陣陣浪潮聲，稍微有點浪漫。雖然浪潮聲裡雜夾著海怪三不五時發出來的咆哮，以及各種海洋生物驚恐逃竄的氣息。

「學長學長。」陪我一起玩沙的好補學弟蹲在我正前方，正在把自己堆出來的蘿蔔沙雕拍得嚴實一點。

「幹嘛？」我挖著沙坑，不小心挖到手掌大的蛤蜊，金黃色的，看起來很營養。

我把金黃色的蛤蜊挖出來，閃閃發光的蚌殼馬上閉緊，連條縫都沒有。看來這世界還是有反應比較正常的蚌殼，沒有撲上來咬人；不知道能不能吃，看外表感覺有點值錢。

想了想，我先將蛤蜊收進包包裡，等大家有空再問問這種黃金蚌殼是什麼。

「那個啊……之前不是說有在這裡進行過海怪鎮壓嗎？」好補學弟提醒了我。確實，之前似乎提過曾在這裡鎮壓過海怪，但是現在海怪顯然是從海上游過來的，所以當時沒有鎮壓完全，被逃走了嗎？提出問題的參沒注意到我也若有所思，繼續說道：「怎麼沒有壓好呢……我們聖地的護衛都會確保被鎮壓的不能翻身說。」

「護衛？」菜圃的總管嗎？

「對呀，好多壞東西會入侵，所以都得趕走，趕不走又很可怕的，會被關起來。」好補學弟比劃了一下，「不能讓他再出來，要不然會有很多人受傷。」

看來經營聖地果然很辛苦，還有一大片充滿千萬年人參的菜圃要防止有人跑進來偷拔，如果是我就不管了，反正這種人參拔起來肯定會尖叫，到那時候再出來抓小偷就好了，小偷絕對不會預料到人參叫聲其實也很淒厲嚇人。

「聽比較老的參說，當我們還小的時候，外面的世界兵荒馬亂，常常有壞人跑進來拔走我們的爺爺奶奶們，那時候很可怕，大家都會盡量埋深一點。」好補學弟感慨著，「就這麼越住越深、越住越深，不小心穿透了一條岩漿脈呢，好多人都這樣熟了。」

……這是什麼鬼故事！

後面發生的事情完全不對吧！你的爺爺奶奶們到底穿透到哪裡去了！不過就是人參，到底鑽到哪裡去了！

「你們在做什麼？」哈維恩走過來，看了兩個沙坑，隨即露出鄙視的表情。

「千冬歲還好吧？」我拍拍手站起來，放棄去想人參可以鑽到多深，接著無視黑小雞刺眼的白眼。剛才他們去忙的時候，我有特意交代哈維恩幫我留意千冬歲的狀況，就怕千冬歲現在能動都是靠他偉大的意志力。那種東西我沒有，根本不知道實用程度，所以我很怕他走一走噗嘰，整個人倒死在地。

「情報班有調整自己身體狀況的方法，他沒事。」哈維恩不以為然地說道：「公會裡的東西命都很硬，不用擔心他們。把這點時間拿來擔心你自己，搞不好你隨時就會被海怪滅掉。」

「……你會看我被滅掉嗎？」我挑起眉，看著黑小雞，他果然露出了很想反駁我但又沒辦法反駁的微妙掙扎表情。呵呵，我就知道你不會。「對了，海怪真的有被鎮壓在這裡過嗎？」

「有。」黑小雞這次回答得非常之快，「下面的封印解除後，土地上顯露了殘餘的力量，這裡混雜過非常多不同的東西，不愧曾經是精靈港口，連黑暗勢力都駐足過，你仔細感受就會發現。」

認真地說，雖然我覺得這裡有一些怪怪的感覺，但還真的很難分辨哪些是哪些。

「……」哈維恩再次翻了白眼。

有本事你去給我當十六年人類然後一年外星人再來翻啊！尊重一下正常人類ＯＫ？

「那海怪怎麼會在那邊啊？」好補學弟歪著頭，看向黑暗的海域，已經可以看見有東西狂飆過來，後面還帶著加速過快掀起的大片浪花。

「……」黑小雞無視好補學弟的問話。

「所以海怪是怎麼回事？」我只好重新問一次。

「應該是被鎮壓了一部分，本體逃回海中。」黑小雞飛快回答，「不過如果本體被銷毀，被切割鎮壓的這部分力量也會變得很微弱，不會再具威脅。」

原來如此。

「做好準備了嗎？」

就在我思考著海怪的事時，千冬歲和萊恩回到我們面前。

就如同哈維恩所說，千冬歲的精神已經好很多，不知道用什麼辦法恢復的。總之，除了臉上還殘留一些傷痕外，幾乎沒事了。

「嗯。」該怎麼說呢，除了挖沙等怪衝過來砍以外，我還眞不知道自己要做什麼準備。

千冬歲看了眼沙坑，也沒表示什麼。「海怪來了。」

按著手環，雖然我知道周圍的保護力很夠，不過這世界很經常給你來一個出乎意料，安全起見，我還是隨時準備拔米納斯出來。

正想說接下來要幹什麼，我好像踩到了啥窟窿，腳突然陷空下去，失去重心的瞬間，我第一個反應是拽住旁邊的好補學弟，接著手邊傳來驚聲尖叫的同時，我們兩個猛力一頓，被人給拽住領子停止掉落。

定神一看，我腳下已出現一大片深坑，至少有七、八層樓高，正常人摔下去內臟都會噴出來。

在深坑的最底部，出現好幾個像是蟹螯的巨大蒼白東西……雖然說像蟹螯，不過整體比較像長毛的骨頭在那邊揮來揮去，試圖夾到點什麼獵物。

「雖然讓你們什麼事情都不用做，但是連戒備都沒有也太過鬆懈。」提著我和好補學弟領子的哈維恩在半空中對我們翻白眼，一臉寫著他覺得我們倆就是白痴。

「……海怪？」反正哈維恩也不會把我丟下去，要丟只會丟好補學弟，所以我對自己的人身安全很放心。

「對，一部分。」哈維恩一邊讓我站到他身邊的浮空術法上，另一手真的鬆開了。

「啊啊啊啊啊啊啊——」

好補學弟就這樣消失在沙坑裡面。

……

……

我靠你還眞的把他丟下去啊！

「哈維恩——！」

「沒事，海怪不吃素食。」黑小雞用很敷衍的態度回我。

這不是單純的素食啊喂！

那是活體素食！別騙我原世界鄉巴佬，那種有力量會滿街亂跑的肯定會被吞掉啊！

我連忙搜索好補學弟消失的地方，正打算想辦法把那根參弄出來，底下的沙洞突然震動起來，配合著海面上瞬間颳起的風浪，以及高捲而來的海水，儼然形成十多層樓高的海嘯，挾帶著如同咆哮般的驚天巨響，氣勢洶洶地朝我們這邊拍打下來。

雖然這種狀況正常好像陸地會被海嘯吞噬，但這裡是不正常的狀況，海嘯在覆蓋上陸地之前，沿海一帶突然點亮了好幾顆銀色光球，各個距離間隔很一致，就這麼疾速連線起來，以光球爲中心點向外擴展出十幾個像是蝴蝶圖案般的結界法陣。海嘯在撞上這些法陣時，好像撞上一大面牆壁一樣，竟然硬生生反向炸出巨大水花，沒有絲毫海水穿透陣法、覆蓋到陸地，很典型的外頭狂風暴雨，屋裡平平靜靜的畫面。

狂風和海嘯與法陣持續碰撞了一小段時間，直到凶猛的襲擊逐漸緩和下來，海水的那一端才慢慢顯露出驅使攻擊的元凶——

那是一個人，或者說是人形模樣的生物。

大概有正常男人三、四倍大的身軀上全覆滿魚刺般尖銳又細密的黑綠色詭異鱗片，正對著我們的是張枯槁又青白的消瘦中年人面孔，臉頰到額頭上還有很多小鱗片；側邊的肩膀上是一個女人的頭部，看起來很年輕，雖然臉也很蒼白，但意外地很美艷，有著細長漂亮的藍色眼睛與紅色的粉嫩嘴唇；而相對的左邊肩膀上是顆幼童的腦袋，看起來很可愛單純。

三顆頭顱的長髮全糾結在一起，顏色各有不同，男人是黑髮，女人是金髮，而幼童是棕色的，纏繞在一起看起來就是黯淡的顏色，其中還有講不出名稱的海菜、海藻什麼的混在裡面，可能梳一下會掉出魚蝦蟹貝之類，感覺有點豐盛。

「海怪」沒有衣服裝扮，全身覆蓋著鱗片，手腳很長，每個指頭的指甲也很尖銳，指頭與指頭之間有著相連的蹼，正滴著海水。

嗯，整體看來，很有恐怖片的感覺。

「看來是斐林尼的海怪。」千冬歲不知道什麼時候擋在我們面前，早就重新戴上的面具後頭傳來聲音，「或幻化成女性魚人的樣子，或喬裝溺水孩童，也有可能是在邊境交易點出現的黑貨商人……他能視環境改變自己的外型襲擊獵物，這種海怪很凶殘，因爲吃食過許多生命，力量也很強大，漾漾你別離開我身邊。」

不用你說，我打死也不會離開的！

我看著那隻海怪目光根本沒放在其他人身上，打從一開始六顆眼睛就全部盯著我看，活像我是牠殺父仇人……失禮了，我是殺牠仇人，牠因爲我要掛了。

把……破壞……交出來……

黑夜中帶著略鹹海水味的空氣傳來沙啞低沉的詭異聲音，音量不大，但奇異地沒有被浪潮或其他背景音覆蓋，反而相當清晰。

那名人類……該死……詛咒……永生無……

我還沒聽到牠詛咒我永生沒有什麼，不知誰先出手，一道白光打在海怪中間的腦袋上，把牠打歪過去……我說，先讓我聽完我永生無什麼再出手好嗎喂！這關係到我一輩子的事啊，牠萬一詛咒我一輩子沒錢我又沒聽到，我不是會窮得不明不白嗎！

正想要抗議一下，背脊瞬間傳來無法形容的惡寒，接著我聽見背後砰的聲，好像有什麼沉重的東西撞在兵器上，眨眼間發生的事情讓我沒及時反應過來，等到我兩、三秒過後回頭，才發現那個海怪不知道什麼時候竟然繞到我背後，甩過來的爪子拍在哈維恩急速揮出的彎刀上，如果黑小雞沒擋住這下，估計我腦殼都被拍飛出去了。

哈維恩嘖了聲，用肩膀就著海怪的襲擊勢頭借力往外一頂，把海怪撞飛一小段距離。

千冬歲在這短暫爭取到的時間裡布下新結界，才剛成形，海怪又撞上結界，發出好像車子撞破牆壁的巨響。

現在可以確定，這海怪應該和好補學弟一樣等級，被牠撞到就等於被卡車撞到，不死也半殘。

海怪就這樣貼在結界上，三顆頭顱被擠壓變形，術法在那些臉上滋滋作響地燒灼了起來，牠卻似乎沒有感受到疼痛般，只是惡狠狠地拚命死瞪著我。

詛咒你，永生無法擁有光明的庇佑。

永遠無法得到光明的路途。

永遠無法得到光明的照耀。
永遠無法得到光明的歸處。
永遠活在黑暗之下，即使死亡，靈魂也無法踏上安息之地……

「呵。」
我勾起笑，對上中間那顆腦袋的陰狠，「謝謝你的詛咒啊，看來你沒搞懂我是什麼東西。」
詛咒我窮一輩子搞不好更有用！

結界爆出閃亮的光，海怪直接被炸飛了出去。
「賣弄小本事也先搞清楚我所侍奉的主人是誰。」哈維恩直接閃身離開結界，出現在飛走的海怪面前，接著往充滿尖刺的巨大身體補上一腳，把海怪重重踢進沙坑裡……我說，你們還有人記得好補學弟也在下面嗎喂！
「沒事，那位學弟已經躲避開危險。」千冬歲輕輕拍拍我的肩膀，轉過頭我看見的是他那張有些受損的面具，面具後的眼睛露出讓我安心的熟悉溫度。「你搜索看看，他離遠了，所以哈維恩才敢大動作。」

冷靜下來之後，的確可以感覺到好補學弟的力量感還存在，沒有消失，而且已經稍微遠離我們下方危險地帶。眞不該忘記那傢伙擅長鑽地，搞不好他都已經鑽出十萬八千里遠了，留我們在上面剷除邪惡。

說不定那傢伙還找到個十足安全的地方在休息吃零食呢！

另外一邊的哈維恩已快要把海怪揍成渣了，看來他非常不爽海怪對我進行詛咒的這部分，完全不給其他人出手的機會，直接把海怪甩出沙坑按在地面繼續扁，那三顆原本很凶狠的腦袋都已經被他打懵了，一時沒反應過來。

我覺得身爲一個人見人怕的海怪，在海上作祟這幾百甚至幾千年來，「牠們」一定沒有過被人用拳頭暴打一頓的經驗。

這黑小雞的打法看起來根本像是在發洩平常的生活壓力啊喂！顧慮一下海怪的尊嚴，你這是邪惡界的霸凌我說！

被黑小雞揍了半晌後，臉都被揍歪的海怪終於想起來反擊，一陣憤怒的怪聲咆哮伴隨著不祥的黑暗濕黏力量噴發而出，將近身揮拳的黑小雞逼退一小段距離。還沒讓凶殘的夜妖精站穩，沙坑底下發出某種東西破碎的悶悶聲響，接著白骨長毛蟹螯突破整片沙灘，像朵食人花般突然多了好幾十隻，往四面八方翻炸出來。

那些蟹螯脫離沙灘封印後，很快地拉出地下本體——是個像骨頭蜘蛛的巨大身軀，起碼有足球場般大小，骨頭身體上也有長短毛，比正常蜘蛛更多腳，乍看下至少有二、三十隻蟹螯支撐著牠的軀體。

……不是說這是海怪的一部分嗎？怎麼看起來更有本體的樣子？

海怪爬上了骨節蜘蛛的背脊，大蜘蛛軀體顫動了幾秒，突然皮開肉綻……不對，是翻開的表皮底下出現了眼睛，有很多很多青黃色的眼珠子，密密麻麻地塞滿身體表層，而且不斷左右轉動著，數量龐大，一時之間居然有萬頭攢動之感。

我覺得我的雞皮疙瘩全都爆出來了，這種畫面已經不是恐怖，是讓人感覺噁心啊！

超噁心的！

怎麼會有讓人這麼不舒服的畫面！

「你把牠當作別的東西可能會心情好一點。」千冬歲的聲音從旁邊飄過來，看來他看到這種海怪心情也不太好。

認眞說，不是我有歧視，我是個黑暗種族，我要學習友愛黑色同類才行，但是有些東西眞的看了就很想把他揍飛到世界另一端，例如下面這個東西。當初封印海怪一部分的人眞是明智，那個人一定也是看這部分看到眼睛都快瞎掉了，才讓這玩意消失在大家的視線裡，不然眞的對視覺和心臟很不好，看久了還會作噩夢，大人小孩都受不了啦。

正想讓哈維恩快點把這東西弄走，我突然覺得身體有點不太對勁。

剛才那種惡寒又出現了，而且似乎侵蝕到我的皮膚裡，我整個人莫名僵住，一時之間動彈不得，身邊的千冬歲竟然完全沒有發現我的異狀，周圍的人已經開始重新拉出控制結界，試圖壓制兩個海怪，異生物的吼叫聲震響天際。

然而，這些事情好像都和我無關一樣。

我聽見那種沙啞詭異的聲音重新響起，這次幾乎就貼在我耳邊吐息，讓我連後腦都發麻起來。

你將會慘死在這裡，連一塊骨頭都不剩。

詛咒一下的剎那，我真感覺到有某種東西從我身體裡分離出來，像是保護膜一樣圍繞在我四周，撞上海怪黑暗且深沉的惡意，並將其直接反彈開。

眨眼瞬間，被眾人重新包夾圍攻的海怪慘嚎了。

超級多眼睛的蜘蛛腹下沙坑裡好像有什麼被上方的騷動給驚醒，最先我們看見的是沙粒之間隱隱發出了光，隨著光芒越來越刺眼，火熱的空氣翻騰出來時，老頭公和米納斯略帶冰涼的水霧已經在我周圍形成守護。

然後，沙灘下方好像有什麼咳了聲，噗哧哧地噴著沙發出悶響，幾秒之後爆炸了。

伴隨轟然巨響，首當其衝的蜘蛛整個被炸飛出去，估計爆炸物就在牠肚子正下方，蜘蛛整隻被強大的爆破撕碎開來，無數大小眼睛像是什麼爆笑卡通般往四面八方噴飛出去，有的當下就被爆炸熱浪捲入燒成灰燼，有的飛往遠方成爲一顆流星，有的掉落在比較遠處黏在地面或植物上。

反正畫面看起來也不是很愉快就對了。

爆炸持續了十多秒，除了一開始的震天巨爆外，後頭陸續有幾個比較小的爆破，接著刺眼的金紅色光芒才漸漸轉淡，取而代之的是逐漸轉變的黯淡藍色，像是鬼火一樣幽幽燒了起來，散化出無數光點，形成像是藍色蝴蝶般的樣子在空氣中飛舞，數十百隻慵懶地振動翅膀，看起來很壯觀。

大量藍色蝴蝶有些在空氣中沒有移動，有些覆蓋到掉落四周的眼珠或殘軀上，像是吞食般，很快地那些破碎軀體就在蝴蝶的啃食下連殘渣都不剩。

這蝴蝶看起來莫名眼熟……啊！好像是鯨之前說看到這種圖案要小心！

蝶城的印記？

總之，先不論爆炸是不是蝶城留下給海怪的紀念品，看著環繞在四周的藍色蝴蝶，我先確定一件事情了。

海怪與妖師首領的咒術碰撞結果，妖師首領，完勝！

第二話　記載的事故

「你沒事吧？」

黑小雞是第一個趕回我身邊的，他揮掉我周邊的小蝴蝶，先仔細把我從頭頂到腳都看過，才繼續說道：「海怪的分體被預先埋好的機關炸碎了，本體剛剛也捲進去，看來也就差一口氣，你要再去補一腳嗎？」

補你個毛線啊！

就算我們是邪惡種族，但是把人家從心臟踩到身體你好意思嗎！那是海怪欸，凶狠又很會詛咒的大海怪耶，說好留給牠的怪物尊嚴呢？邪惡種族彼此的黑暗之愛呢？

難道你們黑暗種族的尊重都是落井下石補人一腳嗎！

我沒好氣地斜了哈維恩一眼，以白眼代表否決。

猛烈的爆炸和蝴蝶啃食過後，我看見其他人把海怪剩下的一半軀體從大量藍色蝴蝶之間拖出來，腦袋已少掉一半，看起來非常淒慘。

瞄了眼哈維恩，這傢伙居然非常露骨地露出崇拜妖師首領的表情。

……想想我的心情啊喂，作爲一個走動型凶器我自己都覺得害怕啊！人家當主角的都是金身不死，我是路過死一票還不管老幼通殺，這樣好像哪裡不太對吧！感覺眞的很邪惡啊！

正在思考海怪該怎麼處理時，千冬歲再次走過來，開口：「剩下的公會和海上組織會處理，我們可以先離開。」

「咦？這樣就可以了？」我看那個海怪雖然只剩下一半，但力量感仍然不弱，不怕牠又整個暴起發飆嗎？

「當然不可以，但是我們得先去據點幫你處理殘餘的詛咒……雖然大半對你似乎沒有什麼用，可影響還是會有。」千冬歲因爲有面具遮著臉，所以看不太出表情，語氣也很平板，不知道他現在是想掐死我還是已經習慣了不覺得有什麼。「海怪的詛咒能夠到海上組織的據點尋求幫助，他們對這方面也有研究，眞的不行，就讓我來研究。」

不知道爲什麼，千冬歲的語氣讓我想起被釘在實驗台上的青蛙。

「還有舊封印被啓動，我想蝶城的人應該很快就會來處理海怪，說不定現在也到達據點了。」千冬歲微微偏過頭，看見萊恩朝我們走來，武器早已收起了，顯然沒有立即性的危險。

「蝶城到底是哪……」

雖然不是第一次聽到這名字，不過我對這城市……應該是城市，實在是滿好奇的。能夠在這種地方設下封印擊殺海怪的勢力，想必也不簡單。

畢竟是精靈港口啊，遺留的術法不在話下，難道也是個精靈城市嗎？

「就是伊多維亞的簡稱。還是先將這邊的事情辦完再來說吧。」千冬歲隨口說完，便朝遠方其他人打了招呼，在我們幾個人到齊後打開移動陣法，「現在我哥他們應該也都到據點了，沒意外可以直接過去，不會再被防禦結界阻隔。」

我想了想，瞄了眼海怪，幾個公會和組織的人正嘗試往黑色妖魔身上施加封印，也不知道是不是我感覺出錯，總覺得有好幾次術法都被那只剩半隻的海怪給彈開，貌似不太順利。

「等我一下。」有點抱歉地朝千冬歲他們笑了笑，不過我眞的很好奇，既然對方也是黑色種族，雖然我們有仇，但是不是有可能其實我們也是可以溝通的？我看向哈維恩，他彷彿猜到我的想法，對我點點頭。

「是可行的，我以爲你沒打算嘗試。」哈維恩聳聳肩，態度有點不以爲然，似乎不太喜歡我隨便和別的東西溝通，「就和先前的方式一樣，既然同爲黑色種族，當然沒什麼問題。」

重新轉回其他人，千冬歲和萊恩雖然看起來不太樂意，但並沒有制止我，反而千冬歲還走回去和公會的人稍做溝通，也不知道他說了什麼，那幾人把海怪固定好之後紛紛退開一些距離，擺明將空間讓給我們使用。

在千冬歲示意下，我回到海怪面前。

即使已快要掛掉，不過海怪的自癒力看起來仍非常強盛，剛剛被炸爛的部分居然開始收合傷口，有些正在重生，一身黑色血水加上蠕動的小肉瘤有點噁心。然而是自己要求的，只好硬著頭皮先把事情處理好再說。

朝海怪伸出手，我感覺到牠掙扎了下，沒掙脫出束縛，只能面帶凶惡殺氣地狠瞪著我。

黑色力量接觸到海怪瞬間，那東西明顯愣住。

我感覺到海怪傳來某種困惑、驚懼，還有一絲絲的敬畏。打個比方來說，還真有點上課作弊被老師抓到的那種心情，海怪立時發現牠剛剛詛咒的似乎不是尋常人類，這讓牠瘋狂的情緒有點緩和下來，重新打量眼前的仇人。

報上你的名姓。

我慢慢吸了口氣，盡量讓自己看起來有點威嚴地盯著海怪看。

說起來，這東西被陰影影響，不過看起來好像還有自己的意志……保有的是轉變之前的意識，還是扭曲之後的意識呢？

看牠這麼凶，我猜大概是後者吧，看起來就像扭曲成黑暗種族的凶殘生物，都不曉得在海上作祟多久了。

海怪掙扎了好一會兒，才模模糊糊地發出了幾個音節，伴著嘴裡的黑色血液，其實我聽不太出來是什麼名字。

「咕……或……咕咕……」

老實說，我覺得牠只發出一連串咕咕咕。

「古霍西魯格霍夫？」

神一樣的千冬歲竟然好像通靈般眞的吐出一個名字了，而且我發現不只我，連黑小雞那瞬間投向千冬歲的目光都出現欽佩。

哼哼哼，終於知道我們家情報班不是裝飾用的了吧！

「斐林尼在數千年前出過一隻海妖，原本應該是海族中的魚人分支，但因爲擁有許多貪心的慾望致使力量扭曲，後來在附近海域作祟。當時曾經被海族鎭壓過一次，不過沒多久就讓牠衝破禁錮脫逃，當時還引起相當大的騷動。」千冬歲很盡責地爲大家解釋，感覺就像活體的網頁搜索引擎，「從時間計算，那個年代爆發的種族戰爭確實散落許多黑色力量的碎片，我想應該是在那時候接觸到陰影殘片，也或許是在後來才觸碰，有很長一段時間『古霍西魯格霍夫』

這隻海妖被列入白色種族共通的獵殺名單當中，沒想到後來會被封印在此處啊。」

「歲，有名字，可以毀滅。」萊恩走上前來，直接揮出火焰雙刀。

千冬歲抬起手，制止自己搭檔的行動，反而轉向我，「漾漾，這類魔怪只要讓牠口吐眞實名就可以徹底銷毀，既然是你問出來的，就讓你做決定吧。」

我嗎？

我看著海怪，可能是被掐住了死穴，也有可能是發現我的黑暗種族地位比牠高，雖然依然帶著騰騰殺氣，但整隻已蜷曲起來，像球般縮得很小，又生氣又畏懼，看起來變得有些可憐。

黑暗生物，又是這種到處殺害生命的殘酷存在，其實不用考慮太多，直接讓公會處置就可以了，對任何人來說，這類已經沒有心的妖物沒有留在世界上的價值。

只是在接觸之後，我突然發現即使是這種被陰影扭曲的怪物也擁有會懼怕的靈魂意識，這點果然還是會讓人很不舒服。

「……以我的身分，要你一命，你服不服？」我考慮了半晌，才開口：「你殺了太多東西，要賠命的。」

「……那些……食物……」海怪趴伏在地上，吐出混濁的字，「弱小……食物……你們也吃……」

「我只問你服不服？」一股煩躁感突然冒出來，我努力壓下那種不爽的心情，想快點結束這段對話。

這眞的，讓人非常地不舒服。

與以往朝鬼族小兵開槍的感覺不同，我現在正在要求一個有智商的東西，把命交出來。有那麼一瞬間我突然驚覺，我有資格這樣做嗎？

海怪沒有再作聲了，但仍可以感覺到牠強烈想要殺光所有人、包括我在內的慾望。顯然牠根本不想把命給我，只是懼於我妖師的身分而已，牠甚至不打算收回剛才的詛咒。

即使能夠溝通，也不是每個都會像月靈那麼和善吧。

千冬歲拍拍我的肩膀，估計已看出我的想法。「走吧，剩下的公會處理，你別再管了。」

「嗯。」

❀

從海灘邊離開後，術法轉移結束，出現在我們面前的是一片小小樹林，比剛才城鎮中的稀疏許多，能看見沒被巨木遮蔽的天空，深藍色的夜幕，密布漫天閃閃發亮的星子。

一間看起來平凡無奇的森林小木屋就在我們面前，感覺眞的是很普通的小屋，門前甚至懸掛著吊椅和擺著一組烤肉爐……山中的度假中心是吧？

「來了來了！漾漾～～」站在門口的喵喵幾乎和我們同時對上眼，立刻用力揮手，「你們比預計的早來呢，喵喵還以爲海怪可以撐很久。」

沒想到海怪被秒是吧？

你們該不會還給我下賭盤吧！

「結果夏碎學長贏了，嗚嗚嗚。」

……還眞開了。

總覺得已經完全不意外了呢。

我看著笑嘻嘻的喵喵，無奈地垂下肩膀，感覺某些部分似乎放鬆了，接著跟隨大家一起走進度假中心……我是說小木屋裡。雖說小，不過一踏進去，裡面卻異常寬廣，估計用了空間術法。因爲已經知道是海上組織的據點，所以完全不讓人意外，說眞的，如果進去只是一般的小木屋反而才會讓我驚訝。

寬敞的內部空間走的也是休閒接待區的風格，劃分不少看來很舒適的休憩區，許多似乎坐著很舒服的沙發座椅散布在各個小區域，不過最引人注目的還是盡頭處的開放式小圖書室吧，幾面與挑高天花板同高的書牆看起來很壯觀，可是上頭擺滿的書籍上的文字大部分對我來說都是有看沒有懂。

雖然距離有些遠，仍隱約能看見小亭在裡面，可能在看童書之類的吧。

回過頭，就見到夏碎學長和一名陌生青年朝我們走過來。青年穿著一襲黑色衣袍，有著淡藍色的面孔和銀色眼睛……估計也是個海族的魚人，外表特徵與走在後面的鯨幾乎一樣，連臉頰上那些小鱗片也都相同。

「這位是目前海上組織駐此地的據點負責人，落日。」

夏碎學長為我們介紹了那名魚人，接著也向對方介紹我們這些比較晚到達的人。看來這個據點似乎沒有其他人，只有眼前的負責人，而且貌似話很少，在介紹完之後只淡淡地點點頭打過招呼，接著給了一句：「海怪相關善後者待會兒到達，這裡一切都可以自由使用。」接著他就和迎上前的千冬歲、萊恩，與夏碎學長他們先走到辦公區域，估計要辦某些公會手續那些正事了。

「漾漾～你們來這邊休息吧。」早先到達的喵喵顯然已經把這裡給混熟了，拉著我又很熱絡地對哈維恩招招手，「這裡的據點小隊出門去啦，大概天亮才會回來，不知道能不能碰上呢。」

「小隊？」原來還是有其他人嗎？

「嗯，落日說每個據點都有海上組織的駐點小隊，負責管制區域海域，我們來的前幾天，西側外海出現幽靈船，所以這裡的四人小隊出發去工作啦，落日留下來打理事務。」喵喵帶我們走到小圖書館旁的沙發區，從這裡可以看見小亭在書室裡頭，趴在地板上津津有味地翻著一本立體書，露出很想把那些精緻小建築吃掉的表情。「如果能剛好遇上，說不定可以聽聽幽靈船的事情，好像很有意思。」

幽靈船嗎……

我覺得一點都不像很有意思啊！

算了我還是不要亂想比較好，萬一等等幽靈船撞過來就慘了。

不過這模式好像在哪裡看過……啊，我們搭的那艘船就是了啊哈哈哈哈哈──這世界哪來這麼多有問題的船啊！你們還能不能好好在海上航行了啊！

「哎呀，這都是小事情啦。」喵喵好像看出我的想法，「還好不是漂到擁有力量的區域，否則會比較可怕喔。」

「……」算了，我都懂，漂到有力量的地方那艘幽靈船就會變成幽靈船精對吧！我懂！

「萬一運氣不好，開啓鬼門到召喚魔王都有可能呦。」喵喵給了更可怕的答案，「畢竟誰都無法預料術法扭曲會發生什麼事，以前曾經因爲這樣毀滅過一個領地呢。」

「……」

好，看來只有沒想到，沒有想不到。

在休息區待了一陣，差不多吃飽喝足後，交換情報和處理事務的幾人終於回來。

千冬歲大致說了我被海怪詛咒的問題點後，落日很詳細地替我診察一番，接著搖頭說能見到的沒什麼大問題，就是這種詛咒都會潛伏，時間久了才會冒出來，所以他只能先替我進行基本的惡意處置。

不過我其實覺得這種處理搞不好喵喵和夏碎學長他們都能做……嗯，估計還是有某些是海上組織才能辦到的吧。

總之我乖乖地坐在原地，讓落日幫我做好處理，接著他才離開去忙活自己的工作。

「這邊的事情可以告一段落了，如果沒意外，明日一早便能按照預計行程出航。」夏碎學長在一旁坐下，調整個舒服的姿勢，繼續說道：「我們與此處的負責人交涉過，落日將會短暫開放地下書室，裡面有許多珍貴資料，捉緊時間，或許能得到你們想要的情報。」

情報？

「船上那些畫的相關。」哈維恩壓低了聲音告訴我。

對喔！被岸上亂七八糟地一搞，還眞差點給我忘記這事情，既然是海上組織據點，或許可以在這裡找到一點關於那個奇怪精靈的資料。

畢竟那看起來根本不可能是微不足道的小事件。

夏碎學長看著我，輕輕地點了頭。

接下來抓緊時間，大家很快便往地下書室移動。

雖說是「書室」，然而下到底層後，看見的果然是個像圖書館一樣廣大的空間，寬廣到看不見盡頭的密密麻麻書架上全塞滿各種書本、紙張、羊皮卷，甚至乍看之下還能看見竹簡這種存在……我說，一個晚上是要怎麼找資料啊！

這走進去就迷路了，搞不好要出來連一個晚上都出不來啊！

眞的可以找到要的情報嗎？

「您就繼續站著發呆吧。」哈維恩扔下這句之後直接消失在書架之海裡，仔細一看，其他人也都不見了，八成這是一個很好的機會，大家都想盡量想抓緊時間尋找珍貴的資料。

我也趕快跟著撲進去好了，看看能不能眞的找到什麼有用的東西。

雖然這麼想，不過才剛踏出幾步我就發現這眞的是書之海……別說找書，根本是直接被書給淹沒啊！重點是我還看不懂上面的文字，完完全全都是世界各地的特色文字啊！通行文字少得可憐，能辨識的差不多就是那種無關痛癢的觀光指南了。

可惡，學校的圖書館還好一點……

嗯？

等等，該不會這裡其實也可以？

這麼一想，我確實察覺到身邊有一些力量氣流，雖然很微弱，不過多少能分辨出差異；有明亮的、有黑暗的，更多是帶著稀薄略淡的海水氣息，好像這些書卷都附著一層海族的保護，雖然沉靜，但不容隨便侵犯。

順著那些力量，我邊想著我想找的大概方向，邊放出自己細微的力量。然後突然想到，我們學校圖書館的運作方式該不會也是類似這樣吧？

雖然我搞不太懂怎麼辦到的，不過是不是也有某種法術可以讀取腦袋裡面的意念想法，然後去搜查到感覺相近的書？

雖然好像很抽象，不過我總覺得這種事情在這世界完全做得到。

頓了一下，我猛地發現有東西在回應我的力量了，那感覺，好像有什麼在對我招手……

欸不，真的有東西在對我招手。

※

廣大的圖書室中，我已經完全看不見其他人了。

雖然上方照明很充足，不會讓人一頭撞上牆，但在高高低低的書架，以及大量書本、卷軸的遮蔽下，部分走道看起來仍十分陰暗，而且還有奇怪的影子，好像那些地方與光明處是完全不同的兩個世界。

我看著書架異世界那邊的角落有個人形黑影正在朝我招手，那模樣看起來不像隔壁棚的無●男，是纖細的人影，手和腳很細長，頭很大……啊！原來是書架裡的ＥＴ啊，難怪感覺很眼熟，之前被薇莎他們揍了一頓的外太空倉庫也是這外形。

總之，那個異世界裡的外太空人影正在不斷朝我招手。

然後根據經驗和老梗我好像應該走過去，然而我偏不！

別以爲我還會傻傻地走過去讓你們坑！猴子也是會學乖的好嗎！每次走過去每次都會發生事故，你們當我真的腦袋被門夾到沒有好過嗎！

嘖了一聲我直接扭頭就走，接著後頭傳來戲劇性的撲通一聲，我偷瞄了眼，那個太空人，下．跪．了。

爲了陰我有沒有這麼拚？

我能一次兩次不要發生事情嗎？

我也想好好地度過一天啊！

你知道我這一天有多漫長嗎！

當人類要好好地成長就是從躲避災禍開始啊！

跪在那邊的太空人看我沒有反應，竟然五體投地往地上一撲，接著活像某種奇怪的昆蟲用高速往我這爬過來——我靠！

「發生什麼事情了嗎？」

「夏碎學長小心！」

我用力推開從書櫃另一處繞出來的夏碎學長，黑影正好自我們倆中間穿過去，接著投入另外一處的黑影，完全消失在視線之中。

被推開的夏碎學長穩住身體，轉向太空人剛剛跑出來的地方，原本的位置已重新浮現了一模一樣的黑影。

接著我聽見非常細小的兵器聲響，抬頭一看，看見了千冬歲和萊恩、喵喵他們不知道什麼時候已經出現在兩側書櫃上方，千冬歲的箭已蓄勢待發，箭矢上纏繞著冰冷的封魔術法。

「須要消滅掉嗎？」

「哇啊！」被哈維恩的聲音嚇了一大跳，我正好看見黑小雞從我旁邊擦身而過，還給了我一記嘲諷的白眼……誰教你要像鬼一樣從我身後飄出來，很可怕的好嗎！

那黑影被這種像要圍毆它的陣勢一包圍，突然又撲通跪下來，連忙搖頭揮手，好像很可憐的受害者一樣。

說眞的，我如果突然被這麼多可怕的人圍起來，我也會想跪下來。

「你們嚇到它了。」夏碎學長笑著搖頭，走了過來，讓上面的幾人收起兵器，特別是他弟弟，可能剛剛聽到我那聲喊，千冬歲都有馬上火燒圖書館的預備行動了。身爲兄長的人維持著笑容，開口：「我沒事，這不是有害的靈體。」

千冬歲一邊咕噥著他知道，一邊收掉幻武兵器，和其他人一起從書櫃上跳下來。

「這是什麼？」我從夏碎學長身後看看跪在地上的黑影，現在才察覺這東西其實沒有惡意，只散發著比較黑色的細小力量，很像學院花圃裡那些隨時會被風吹走的小精靈。

「這是圖書室產生的書靈，就像家靈一樣，一些較有力量的書籍存放久了，空間自然會因爲這些力量產生微小的靈體，有時候會協助閱讀者尋找書本，我想應該是你放出了搜尋的力量，以至於有些書靈回應了你的需求而已。」夏碎學長說著朝上方招招手，一小團白色東西掉下來，正好落在夏碎學長手掌上，然後顫抖著伸出了細小的手腳。「看，嚇壞了。因爲書籍力量不同，這些靈體有黑有白，也有各式各樣的力量存在，但是力量過小，很容易被打散。」

看來我誤會太空黑影了。

我往還跪在地上的黑影投以十分抱歉的目光。

「雖然是這麼說，不過這些東西不好好管理，很容易變成邪惡的靈體。」千冬歲看了看黑色的影子，皺起眉，「這就太大了點。」

「落日他們應該會妥善管理的，到現在還未發現不友善的存在呢。」夏碎學長朝著白色書靈微笑了下，「如同他也委託公會在此地逗留時替他們檢查結界，作爲開放圖書室的代價，管理人們還是相當小心的。」

千冬歲點點頭，看來不太想繼續這話題。

……原來是要幫忙檢查作爲代價啊，我還以爲他們要用最快的時間搜索資料，看來是要抓緊時間把這裡檢查過一次，好讓我們能夠查找所需要的東西，眞是誤會大家了。

「那麼，我們來看看是怎樣的書本，回應了褚的尋找吧。」夏碎學長從書架上取下一本有點大的書冊後，太空黑影就這麼消失了。

那本書至少有A3大小，不是普通的紙張，而是比較老舊的羊皮，一幅一幅被收編好在裡面，外殼則是薄的黑色石板，封面上有一個奇怪的銀色牛頭圖騰，整體看起來很沉重，不過夏碎學長完全沒露出吃力的表情，好像拿著普通書般輕鬆。

「似乎是原版。」夏碎學長在牛頭印記上點了下，一抹黑色力量隨著他的動作晃蕩了出來，立即消散在空氣中。即使這麼淡薄，我們還是都感覺出來那是某種黑色種族的力量。「看來是達拓諾部族的記錄冊。」

夏碎學長稍微爲我解釋了下，那是海洋某座小島嶼的獸王種族，據說是巨石靈和神獸庫魯的後代……神獸就是封面那個看起來很像牛、形體也根本就是巨大黑牛的奇獸。巨牛神是從大地和岩石裡面生出的，論時代估計和我們所知的狼神不相上下，神獸奔馳的年代，巨牛踩在大地上每每會引起大小不一的地震，因此許多土地分裂成島嶼，又分散成土石碎片；雖然在某場古代戰爭打退很多妖魔，守護了白色種族，不過因爲祂常常愛亂跑，震壞了許多大地，所以被各大種族驅逐，最後就消失了，隔了好一段時間，海上有座小島嶼出現霸悍的蠻力部族，就是自稱庫魯後代的達拓諾部族。

「達拓諾部族幾乎不與外人交流，情報班對他們所知也很少。」千冬歲推推眼鏡，思考了

片刻，「根據我們的資料，達拓諾部族最後一次出現約莫五百三十六年前，羽族的天空領地附近有不明求援，記錄是達拓諾部落的獸王族，當時那名獸王族受了重傷，來不及搶救，羽族只記錄到他自稱的身分與族人遭到襲擊，後來派出部隊在周圍搜尋，卻什麼也沒有找到。」

不知道該怎麼說這個牛啊，雖然聽起來很厲害，但是被驅逐出境還是滿可憐的，畢竟巨牛和妖魔對抗八成也付出了很多代價。只是反過來想想，每天祂跑過去都來個七、八級地震，是人應該都還是會想請祂搬家。

力量過大也不好，過小又無法保護更多種族，如果那牛沒這麼大的力量也很難在戰爭中打贏吧，然而戰爭之後，祂的力量又成爲被世界種族排斥的源頭，眞是很悲哀啊。

「嗯，我對此部族也不太清楚，我們就看看達拓諾部族的書本爲我們帶來什麼訊息吧。」夏碎學長邊說著，邊開啓了書本上的封印。這瞬間我才突然驚覺，這個達拓諾部族應該是白色種族才對，爲什麼整本書充滿的都是黑色力量？

顯然這個問題大家都有，我看其他人也聚精會神在等夏碎學長打開書本，就沒特別提出疑問了。

石板打開後的第一頁，我再度看見熟悉的面孔。

那是和學長有一樣臉孔的黑色精靈。

第一次看見這個精靈是在船上，也不過才這幾天的事情，所以當時震驚的心情現在還滿清楚的，畢竟那幅畫實在是太不尋常，很難忘卻。

現在是第二次看見相關資料。

夏碎學長翻開石板後，第一頁的羊皮卷上出現了精靈。不知用上什麼顏料，顏色非常鮮活，一點也沒有因爲時間而褪去色彩，這讓被描繪的人事物格外活靈活現。

同樣是一幅四周一片黑暗的場景，差別只在此處不是在海面上，而是某處不明荒野，帶著微弱光芒的精靈站在堆疊無數的屍身上頭。仔細一看，那些屍體大多是明顯扭曲變形的某種種族，很顯然遭到了黑暗的扭曲，幾乎已有成爲鬼族的徵兆，特別是那些染上黑血的青黃色眼睛，充斥在裡頭的邪惡竟然被畫師給呈現出來，光這樣看著圖都可以感受到幾分當時的陰暗氣氛。

翻到第二頁，那些屍體裡爬出了一些黑色人影，臣服在奇異精靈四周，就這麼地尾隨精靈漸漸消失在黑暗當中。敘事畫約莫五頁，再往後翻是許多我沒有見過的文字，夏碎學長把書本交給千冬歲，讓千冬歲來幫大家翻譯。

「這是達拓諾部族記星曆三百四十一年前……換算過來，就是離我們現在約莫五百三十六年前的事情。」千冬歲指著開頭編寫的文字這麼說道：「時間正好和羽族當時的記載吻合，這是達拓諾部族倖存記錄者編製的最後記錄，記錄者被抹名，在完成此記錄之後十日便回歸安息之地，後方有人爲他補上了死亡之日，記錄者原先的名字被術法消除，原因是希望他的靈魂不要被黑暗侵擾，能完完全全進入安息之地。」

「被侵擾？」我有點疑惑，一般不是犯罪或是世人想要把他忘記才會抹掉名字嗎？以前在上課時也聽過類似的古蹟，有一些讚揚誰誰誰名望的古蹟上面會刻印名字，但後世人會因爲鄙視或唾罵而抹除，讓他無法如自己所願留名，像是這樣的狀況。

「是的，其實在這世界非常多這樣的事情，尤其在詛咒尚未消失之前，一些後人爲了保護被惡咒纏身的先人，會努力隱藏其最後蹤跡，以免魂靈在前往安息之地的路上被侵蝕。」夏碎學長解釋著：「雖然無可奈何，但確認惡咒不再繼續時，多數後代還是會恢復原先祖先的名字，除非……」

「沒有後代了吧，達拓諾部族銷聲匿跡。」哈維恩冷冷笑了聲，「雖然顛倒，不就是一樣的狀況嗎。」說著，他有意無意地往我瞟了眼。

也是呢……被白色種族追殺的妖師一族，天知道還剩下多少東西。

氣氛這瞬間變得有些尷尬，千冬歲咳了聲，打斷了大家的若有所思，繼續往下讀，「這個記述是記錄達拓諾部族在那一日被黑暗所籠罩。身爲神獸庫魯與巨石力量的後人，達拓諾部族擁有遠高於其他種族的天生力量，能夠劈山破石，撼動山河。因爲祖神的遺訓，他們遠離白色種族，安安靜靜地在一處……嗯，這裡有些名字被抹除了，我想應該是某些人協助他們設下結界，讓他們能夠安穩生活不會影響外界，達拓諾部族的後代就在這個世外島嶼定居了下來。」

就與一些避世的原始部族一樣，達拓諾部族在結界內隱居，幾乎所有生產，例如畜牧紡造全都自給自足，唯一僅剩的對外往來，是在附近羽族的天空城鎭。對於達拓諾部族似乎沒有展現過排斥的羽族和精靈族相當受到神獸後代的信賴，所以每隔一段時間，這些族人便會帶著一些族內的物品至羽族市集做交換販售，也取得羽族特有的藥物等帶回族內，友善的羽族經常替他們帶來更多外族的物資，任他們挑選。

這就是他們簡單也僅有的對外連繫，也幾乎是唯一的管道了。

「最初發現異狀，是羽族的市集中混進了外地來的怪異商人，因爲很快留意到，所以羽族巡邏隊便將這些商人驅離天空城。」千冬歲翻動頁面，一字一句仔細逐步翻譯，「離開羽族，那些人隨行在後，接著在驛站前提出希望與部族合作，借用部族的力量拓展全新的國度。」

「然而，達拓諾部族因爲有過『承諾』，並且沒有統治一切的慾望。比起征服大地，他們更希望有朝一日能獲得所有種族的認可，讓祖先自由自在地奔馳。於是便回絕了那些奇異的人們，但對方卻不肯放棄，守在驛站附近不斷攔截他們的商隊，希望部族族長與長老們現身，因爲不堪其擾，有數次部族增加了隨行武士驅逐這些無禮之人，得知此狀況的羽族也加強巡守，替他們淨空了附近的威脅。」

「就算如此，黑暗的一日終究到來。」

「那日並沒有任何預警，商隊的人與怪異之人起了衝突後，在荒野上大動干戈，擁有極強力量的神獸後代自然輕鬆打退那些異人，並重整隊伍返回部族。」

「當晚，先是一名護衛起了變化，邪惡的毒素在黑暗中快速擴散開來，深愛的人面部扭曲，疼愛的孩子們尖叫著傷害別人，保護我們的精靈結界碎裂開來，帶著黑色氣息的邪惡異人們展開大肆屠殺。」

「他們……我們奮力抵抗，故鄉的土地因此開始破裂，火焰與血一樣染紅了每一寸家園，堅硬的石屋倒塌下來，我們的族人在我們面前四分五裂，我們的家人在我們背後破碎。族長率領所有武士不斷抗戰，讓完好的族人能逃離邪惡覆蓋。」

「最終，我們逃離了，但是我們知道我們也無法活太久。」

「前往羽族求援的族人沒有再回來，擁有庫魯血脈的我們永遠不會背棄彼此，我們知道，他回不來了……」

「黑暗中，我們見到了光。」

「那是與祖神相約定的人嗎？」

千冬歲將手從最後一張記錄上收回，「大致上到這裡，這種記載正常不會如此就結束，後面有一些被破壞了。」

我們看著底板的石板邊有些脫落的粗線與小片殘留的碎皮部分，看來更後面的記錄被人帶走，也不知道爲什麼。

「這份記錄原本有非常嚴謹的封印術法，我也確認過應該是達拓諾部族所有，帶走後方記錄的顯然是同部族的後人。」夏碎學長接過書本，「只是與白色種族不同，這份封印混合了黑色力量，我判斷是當時被鬼族感染的存活者曾接觸這本書，閱讀後重新施加種族封印造成。」

剛剛那些敘事很明顯是鬼族或黑色種族進犯達拓諾部族的狀況，所以我和大家一樣沒有特別去猜所謂的異人，這種事情太多了，鬼族就跟蟑螂一樣，看見一隻表示他旁邊有三千隻，很難徹底撲滅。

不過基於最近的一堆鳥事，我覺得很有可能也是那個什麼鬼黑暗同盟的東西在作祟，總之，都脫離不了關係。

說起來妖師的力量如果經過好好修練，不知道能不能達到滅蟑的作用？

看然丟在我身上的東西，我覺得好像可以喔……

「如果沒有強大的意志力與智慧，即使辦得到也會反噬自身，你還是省省。」哈維恩的聲音從我腦袋後面飄過來。

說幾次了給我尊重我的腦……等等，不是沒有偷聽嗎！

我放下反射性摀住頭的手，狐疑地盯著哈維恩。

「從你不懷好意的表情判讀出來的。」黑小雞給我一個大白眼。

朝哈維恩抗議地揮揮拳頭，我轉回夏碎學長那邊，懶得和黑小雞計較，這是我懶，不是因爲我打不過他。

「這是十幾年前一艘商船寄放在我們這邊的書本。」不屬於我們幾人的聲音傳來，大家一致看向書櫃走道，海上組織的據點管理人走了過來，說道：「他們曾說過是有人委託存放此處，或許是巧合，然而寄託者說過如果有人找到這本書並開啓，就請將書本帶走吧。」

……

……

不知道爲什麼，我除了感覺到命運的詭笑以外，還有滿滿的套路。

第三話　預言

「可以請您形容一下寄放書本的人嗎？」

回到了一樓的休息空間，夏碎學長看著幫大家準備好點心茶水的落日，然後讓小亭蹦蹦跳跳地一起過去幫忙，才繼續問道：「某方面而言，我想這件事或許會對我們相當重要。」

我的身分沒有被提及，落日大概也沒打算特意追問，看了眼擺在桌面上的石板書，嘆了口氣，側過身從小櫃子裡拿出額外的糕餅，遞給發出歡呼聲的小女孩。「那是一艘遇上海怪襲擊的北陸妖精船隻，原本是載運貨物經由精靈港口要前往幽月精靈部落的商船，不知爲何被盯上，當我們的人員接到求救到達支援時，船隻已被擊沉，大半船員都不幸回歸安息之地。」

落日是駐點人員，所以當時並未直接到達現場，他所講述的都是同伴帶回的影像與記錄。

「剩餘的船員中，有一名自稱是預言家的男性矮人，出身不明。當時船隻打撈回的貨物中就有這本書，他聲稱這書務必要寄放在此處，有一天會有人能找到這本書並解開上面的封印，屆時他們會將書本與黑暗帶離，一切都是命中所註定。」

一切都是命中的套路吧！

我看著石板書，眼皮跳了幾下，開始覺得這書肯定有毒。

「書上的封印並不難，畢竟是許久前的術法，在現代已有破除方式。我相信海上組織與公會一樣，都有專精研究此部分的高手。」專精研究術法的夏碎學長微笑說道：「只是矮人的預言家，似乎很難能猜到是哪位。如同各大種族，矮人也有許多自己的預言家，人數還不少。」

聽到新詞的小亭咬著餅乾抬起頭，舉手問預言家可以吃嗎，被回了一句不可以之後，喔的聲又繼續啃咬她的美味零食。

「那位預言家沒有留下名字，託付書之後很快就離開了，也不知從何找起，只曉得他上船的地點是翡竹森林的港口，妖精與精靈們意外地居然願意讓他從精靈港口搭乘前往精靈之地的船隻，所以我想，應該確實是一位預言家無誤，最起碼不是騙子。精靈們可不會樂意讓打著歪主意的生命從自己的土地離開。」落日站起身，走去辦公區翻找片刻，拿了一個卷軸過來，打開是幀肖像畫，上面就是個毛髮濃密的大鬍子矮人，除了一雙圓滾滾的灰色眼睛和棕色毛髮，根本看不出其他特徵。

「啊，矮人預言家，枷奧歐。」千冬歲好像有點驚訝，至少我看起來是滿意外的表情，「情報班有記錄他是烏鴉嘴老枷奧，是個很衰的矮人。」

「……」

這個很衰的矮人給我們留了一本書喔大哥，而且這本書還和我有關喔！

你這樣講我很害怕。

「主要是他每次預言壞事都很準，但是好事都不準，說船船沉說車車撞，說樓樓倒，就連精靈族都被預言倒過神聖的晨光之樹。也不知道哪裡蹦出來的矮人，知名的矮人部族都否認是他的出身部族，還常常推到其他同族身上。」千冬歲很不解地環起手，「妖精怎麼會和這矮人搭上線？難道他們覺得船沉掉沒關係嗎？」

不，我覺得一定有關係的喂！誰家船沉滅員還被海怪追打會沒關係的你告訴我。根據我對妖精的了解，他們事後肯定會過來把海怪的皮剝掉啊！

「當時的海怪隨後被北陸妖精的戰士部隊給殲滅，連灰都沒有剩下，如果你們想找應該是找不到了。」落日手一攤，表示這方面無法幫忙。「總之，書你們可以放心帶走，希望你們的船不會沉。」

「……」我看著海上據點的負責人，眞想撲上去扯他的嘴巴。

「那麼，就先謝謝了。」夏碎學長看著石板書，說道：「這上面還有其他有意思的東西，如果有需要，我會再謄錄一份回傳給你們。」

「如果是這樣就太好不過了，麻煩您了。」落日非常愼重地向夏碎學長道謝。

最後沒有等到據點的其他人回來，當然也沒有聽到他們那些幽靈船的事情，我們在打包書本之後，很快就離開了據點處。

不知道爲什麼，我總覺得好像有點匆忙。

至少天都還沒亮，我記得一開始明明是約好中午之前返船就可以，跟隨著我們的鯨看起來也不太明白，讓我們提早離開的夏碎學長沒有說明理由，只要大家盡快回到船上。

天空破曉之際，我們已在夏碎學長示意下走了一大段路，直到離開據點結界，能夠使用預先設定好的傳送法術之處。

「爲何要走得如此突然呢？」鯨終於在傳送點問出疑問。

「如果我沒有記錯，那位矮人預言家就如同千冬歲所說，只要預言的惡事必會成眞，既然他已經留下了那麼一段話，我們最好盡快離開，避免擴大牽連。」夏碎學長收起書本，終於回應了所有人的疑問：「畢竟預言中，說的是『他們會將書本與黑暗帶離』。」

就在夏碎學長這麼說的同時，我感覺到周邊的大家全都警戒了起來，哈維恩直接擋在我前面，四周空氣突然變得有些混濁，帶著一絲絲黑暗毒氣。

這種氣息我已很熟悉，眞是打死都不想再遇到啊。

「也就是說，其實這根本不是什麼厲害預言，是這本書早就被某種東西盯上了啊。」

千冬歲抓住了空氣中凝結的弓，鏗地響動弓弦，飛射出去的箭支直接貫穿撲出來的低階鬼族，將扭曲的人形鬼族瞬間釘在後頭的大樹幹上。

「解開封印時，喵喵確實也有感覺到某種東西的出現喔。」喵喵把玩著纏繞在手上的幻武兵器。

「總之，打到趴就行了吧。」萊恩一甩雙刀，「打完，睡覺。」

啊，原來你們也是須要睡覺的嗎，我還以爲在場只有我一個跑了兩天一夜已經快要掛掉。

「囉嗦，打。」

哈維恩甩出自己的彎刀。

鬼族群被打扁後，我看著黑色灰燼消失在升起的陽光中。

眞的，好想睡啊。

腎上腺素燒光就只剩下很想往床上倒的想法，肩頸背的疲勞延展到全身，痠痛得不得了。

所以我說我果然還是地球人，旁邊這些剛剛在對付鬼族的外星人還精神奕奕地在討論瑣事，什麼身體不好必須休息都是假的！假的！

他們如果繼續這樣，我覺得很快就變成我身體不好，提早衰老。

踩著沉重的腳步，我努力跟上這些妖魔鬼怪，終於回到一開始登陸的港口。

「呦～你們回來啦！」

遠遠地，就看見五色雞頭踩在小接駁船的船頭上對我們揮手，旁邊還縮著一隻果然提早逃回來的好補學弟。

不過吸引我們注意力的不是這畫面，而是海水上漂浮著大量的鬼族殘骸，感覺好像被什麼凶猛的野獸撕咬過，很多已變成塊狀。

說老實話，要不是一入學就遭受百萬伏特的震撼教育，這畫面真是看一次想吐一次。

想我只是一介單純的高中生，卻要看過千百萬的屍體⋯⋯

有時候自己沒事發呆，偶爾會想到如果當年我沒有塡下這學校，而是塡上了普通的高中，現在的我會在哪裡？是不是就眞的像一般人一樣每天早上起床上學，晚上回家吃飯，接著睡覺，就這麼過著和平的生活⋯⋯好啦，也不和平，就是延續著各種倒楣的人生。

那個我，不會遇到其他人。

現在也不會坐在這裡，身邊有著一有難就會馬上跳出來擋在我前面的朋友們。

至今，我還是覺得幸好當初有塡下這間學校。

……好啦就算常常要看這種屍體山我也認了，最多就讓我抱怨幾句吧。

「這邊也遭襲擊了嗎？」夏碎學長隨手放下幾張加速清除周邊毒素的符紙，在千冬歲擔心的目光下直接跳上小船，沒有再多做什麼。

「哼哼，宵小之輩，本大爺見一個殺一個，來兩個殺一雙！」五色雞頭彈掉肩膀上的一絲黑灰，對這些東西嗤之以鼻，表現出再來幾百個他也不怕的鄙視表情。「天快亮時候一大群衝過來突襲，海裡面那些傢伙還冒出來礙事，痲煩！」

仔細一看，海域周邊其實滿多海上組織的人來回移動，估計是在淨空並確保剛被襲擊的道路，隱約還可以發現海面下有不明黑影來回游著。這些黑影就是之前我們在海底見過的那些，果然和先前一樣持續在黑暗中守護著船隻。

接近大船時，能看見漂浮在海上的些許殘骸仍燃燒著星火，看來是被王子和阿斯利安給滅了一波。那些殘碎的火焰燃燒著，隨著海浪起伏漂搖，持續吞食殘骸直到一起沉入水中消失，逐漸地消失蹤跡。

因爲沒我的事，在哈維恩的瞪視下，海上組織的人迎接我們回到船艙內後，我就只能摸摸鼻子縮回房間裡去安眠……也沒力氣去跟著旁聽討論了啦！我整個累得半死，現在能躺當然也不想要管事情，完全沒力氣再搞事了。

自己逃回來的好補學弟當然一句話都不敢說，連哭訴被丟包都省掉了，整個人縮得跟什麼一樣，尾隨著想跟進我房間。

直到我關上門要把他隔離出去，這根參才小心翼翼開口：「學長……」

「停，我知道你要找藉口。」打個哈欠，我看著好補學弟，「我也不是笨蛋，你如果不想說實話就回去睡覺。」累個半死還要聽他在那邊哼哼唧唧，好懶，現在只想馬上跳到床上，一睡睡個三天不要醒。

雖然在他們眼裡我眞的是笨蛋，但這根參三番兩次在那邊上演出逃，就算是我也會感覺到奇怪，他肯定不是那麼簡單就驚嚇逃逸，就他自己說的，聖地常常有壞人，最好是他什麼都不懂什麼都不解，一根可以用衝擊力撞死人的參有那麼脆弱根本是笑話。

這麼一來，就只剩一個理由——他出逃是有原因的。

雖然現在不知道，但就可以省時間不用聽他廢話了。

「學長，我……」好補學弟露出作賊心虛的表情，然後攪著自己的衣角，「我……我之後一定會說的……一定……」

「好啊，那你要和妖師做約定嗎？」我笑了一下，因爲很累，我也不知道我笑成怎樣了，一個人重度疲勞時肯定不會笑得多好看；反正好補學弟好像有點嚇到，小臉一片空白，八成是在想他會不會被抽去靈魂。嗯，那就這樣好了，「如果違約，就抽走你的靈魂。」

「——對不起！」好補學弟整個跳起來慘叫，接著一轉頭往門板上撞下去，砰的聲巨響伴隨著門板的保護術法震盪了下，綻出一圈圈像漣漪般的術法波動。好補學弟捂著差點撞歪的臉，眼睛漏出精華液，可憐巴巴地顫抖音，「可、可以抽別的地方嗎……」

「你爸的靈魂。」欸不對，這好像在罵髒話。

「不行啊啊啊啊啊——」好補學弟尖叫了，「爸爸和你無冤無仇，不能抽他的靈魂呀，就算吃我們的靈魂也是不補的，我們比較貴的好像是身體，你可以切可以割，我可以脫光光給你切，就是不能抽我爸啊——」

人參這次真的是眼淚鼻涕一起飛出來，整個房間瞬間充滿濃郁補身的味道，然後他還真的把上衣給我脫掉，視死如歸地把衣服往後一拋，猛虎落地式直接砸在我腳前，把地板撞出一個洞來。

我默默彎下身撿起人參的上衣，接著抓著他的小腦袋，跨出門，朝他的屁股用力踹出去，「滾蛋。」順便再把上衣丟在飛出去的人參頭上，啪的一聲聽起來莫名很帶感，也很爽快。

關上門隔絕人參的號叫，我順手讓老頭公把房間隔音，這才撲倒在床鋪上。

睏到眼睛都快閉上時，細薄的氣息出現在陽台附近。

「……我快死了，我累得快死了。」給不給人睡覺啊！

「你睡你的無所謂。」哈維恩的聲音飄過來，黑小雞恭恭敬敬地走到一邊，準備拿椅子坐下來，就像他先前做過的事情，很順手也很自然，完全不覺得有哪裡不對。

「給我、去睡覺，這是命令。」黑小雞整天的勞動比我還要多，是想要過勞死暴斃在我房間嗎！

「請允許我在這邊睡覺。」說著，很自動自發的黑小雞一抖手上的毯子……我靠你啥時拿出來的毯子！異次元百寶袋嗎！這雞現在也很會自動折衷我的話了，竟然連東西都準備好！

黑小雞很認真地打好地鋪，又從背後拿出不知哪來的枕頭，在地鋪上拍了拍，看上面沒有什麼髒東西後，很滿意地喬著位置平放好。

這夜妖精的武士我猜應該從這裡回去之後，擅長技能會多出一個打地鋪吧，看他做得多熟練啊……你到底偷偷在我附近打了幾次地鋪？

算了，總比坐在椅子上當孤獨老人好。

我迷迷糊糊看著黑小雞乖乖地在地鋪上躺好，衣帶都不解，雙手規規矩矩地擺放在兩側，像躺屍一樣，然後就這麼墜入了黑暗。

※

隱隱約約，我似乎看見有人朝我走來。

太累了，連一根手指都動不了。

但是我有個強烈的感覺，就是我已經在夢裡了。自從羽裡那時開始，我很常可以輕易分辨夢與現實，夢世界相連有另一種不同的感覺。不知道該如何形容，就是很明顯可以發現是不同的地方，這也是有時候讓我睡得不太好的原因之一。

黑暗的空間，朝向我這邊傳來了走動的聲響，很規律，緩緩地靠近我。

距離不算太遠時，我已經能夠看得出來是個矮小的人形輪廓，但不是小孩子，比起小孩子還要稍微龐大些的身軀，身上似乎還佩戴了某些東西。

你將會慘死在這裡，連一塊骨頭都不剩。

帶著極端惡意的語言穿透了夢境，掉落在我們之中，接著像有冰冷的某種生物蜿蜒爬到我腳邊，像是蛇，嘶嘶地噴著氣息，窸窸窣窣地彎轉身體。

我想也沒想，直接把腳邊的東西踢開，也確實感覺到好像是某種長條的東西被我踢出去一段距離，還有咚的落地聲。

既然是在夢裡，就不用擔心其他人的目光。

「我不怕你們，滾蛋。」

黑暗裡的生物發出斷斷斷的不悅聲，抗議我的舉動，但還是退離一段距離，聲音逐漸變小，而矮小的人並沒有離開，仍直挺挺地站在原地。幾乎可以嗅到一種奇怪的味道，有點臭，還混了些許金屬味、菸草味，和衣服沾了水放太久的臭霉味。

過了好半晌，才聽見很低的沙啞冷笑聲傳來，那聲音就和氣味一樣讓人不太舒服，好像上面也沾了霉，濕濕冷冷，又腐朽。

「小子，你很有種，海怪的死亡詛咒你也不怕。」

「比起那個，我怕的東西更多。」例如學長、還有學長，加上學長。怎麼想那個都比詛咒可怕，詛咒這種東西我看過超多次了，這次還被妖師族長的法術反彈。喔，扣掉學長以外，大概就是豬隊友，例如五色雞頭、還有五色雞頭，以及更多的五色雞頭，他們才眞的是會讓我尖叫往後逃跑的存在。

沙啞的聲音又笑了聲。

「我的預言還沒有結束……解開那本書的人，就帶著我的宿命下去吧……窮極一生被黑暗纏繞……直到痛苦窒息爲止……」

這瞬間，黑暗裡突然發出了某種野獸的嚎叫，整片黑霎時消失殆盡，人形也在同時暴露了眞面目——是個矮人，乍見之下全身鮮血淋漓，整張臉布滿猙獰的傷與黑紅色的血，像張惡鬼面具一樣可怖。

矮人發出銳利的尖叫聲，好像有什麼從後面捲出來，抓住他，一瞬間他就整個被拖進黑暗中，只留下那兩道已經混合在一起、聽起來非常駭人的聲音。

我沒有看清楚他的臉，猛地睜開眼睛，整個人直接從夢裡驚醒。

「發生什麼事了？」

黑小雞在我一有動作立即出現在我身邊。

掀開被子，我翻起身，匆促間往手錶瞄了眼，睡了六個多小時，正午時刻；正要跳下床時，我的手一按，棉被下面好像壓到某種堅硬的物體。

想也沒想再次甩開被褥，這次我眞的毛骨悚然了——那本應該被夏碎學長帶上船並收妥的石板書竟然出現在我床上。

「這是！」哈維恩看起來也驚呆了，他肯定沒想到在他的嚴密監控下，竟然有一本書會溜上我的床。

急忙跳下床，我連忙快步衝出房間，直接往夏碎學長的房間跑。

才剛走沒幾步就看見千冬歲也從走道另一邊閃身出來，似乎沒有特別注意到我，直接往他哥的房門用力敲了幾下，砰砰砰的聲音非常急促，挾帶著不安。

「發生什麼事了？」我看千冬歲的表情有點恐怖，加上剛剛那詭異的夢，直覺事態不妙。

「我哥沒有定時回應我的聯繫！」千冬歲又用力地拍著房門。

……你恐怖情人嗎？定時聯繫是什麼東西！爲什麼房間就在附近還要定時聯繫！

「夏碎學長搞不好去散步了。」看同學這樣，我趕緊說道，想緩和一下氣氛。夏碎學長有到處散步的習慣，而且有時候會散步到很奇怪的地方，在船上也這樣，有次聽到船員聊天說看見夏碎學長出現在封鎖的貨物倉庫附近，因爲公會的人正在協助修理船隻，所以他們就沒放在心上了。

但是，那個時間點很怪，是在早上三點半……清晨三點半是在修復什麼鬼啊！

「不，他在裡面。」

像是要應和千冬歲的話，被敲得砰砰作響的房門突然打開了，整扇門正好被千冬歲用力拍了一下，猛地往後搧開，幸好門後什麼也沒有，所以沒什麼被拍飛出去。

房門一開，我們很明顯感覺到裡面有一股怪異的力量傾瀉而出，各個房間內正在休息的其他人八成也都發現了，陸續跑出來，往我們這邊走來。

打破門口處的隔離屏障，千冬歲氣勢非常可怕地直闖臥室，就像一頭熊往獵物衝過去般，很有魄力。

一開門，我們差點就踩到倒臥在旁邊的小亭，平常很有活力的黑蛇小妹妹陷入深深的沉睡，連千冬歲往她臉上打兩巴掌都沒有讓她清醒。

然後，我看見更可怕的畫面。

應該是在熟睡的夏碎學長飄浮在他的床鋪上，看上去是完全熟睡，一點都沒發現自己發生什麼事。而在他身邊，有一個黑色的人形，就和我在夢中看見的一樣，同樣矮小、同樣輪廓；聽見騷動之後，那個人形微微轉過頭，臉部的位置上有兩顆血紅色的眼睛，那是全身黑上唯一可以辨認出來的色彩。

接著，黑色人形噗哧了聲，瞬間消散，夏碎學長也落回床鋪上。

落在床被上的震動讓夏碎學長瞬間睜開眼睛，整個人醒了過來，接著注意到我們的存在，還有他好像被殺全家的弟弟非常凶猛可怕的神色。

「發生什麼事了？」夏碎學長看見還在昏睡中的小亭，皺起眉。

「你有沒有怎樣？」千冬歲立即抓住他哥，從頭到尾用力檢查了一遍，再從尾往回檢查到頭，連根髮絲都不放過。

「嗯……沒什麼感覺呢，應該是深眠術法。什麼時候被下的呢？」夏碎學長勾起微笑，但是我總覺得他好像沒什麼笑意，而且看著覺得有點恐怖。

接過萊恩抱起來的小亭，夏碎學長在詛咒體胸前抹上小術法，小亭隨即打了個哈欠，坐起身。

「接收到怎樣的東西呢？」夏碎學長伸出手，讓小亭吐了一小塊黑色石頭出來。他看我們一群人滿臉疑惑，還有他弟一臉殺氣，就笑著解釋：「我把小亭和我做了些連結，她能從我身上分解一些惡性術法並加以儲存，這麼一來有些消散的事物便能在她身上找尋到軌跡。」

「……你居然把自己和詛咒體做連結。」千冬歲看起來整個人都不好了，顯然他很反感詛咒體連結。

「沒事，小亭很乖的。」夏碎學長在小亭的頭上摸摸。

「對！小亭很乖。」小亭直接對著千冬歲扮了個大鬼臉，「你壞壞，你最壞了！」

「妳說什麼！」

趁著一弟一蛇對掐的同時，夏碎學長仔細檢視黑色石頭，接著抬起頭看向我，「褚……」

「呃，書剛剛跑到我床上，我也不知道爲什麼！」直覺就是和書有關，因爲我夢到那個血矮人，夏碎學長旁邊就出現矮人，絕對有關聯！

「嗯，幸好不是你解開的封印。」夏碎學長伸出手，我才發現哈維恩居然跟在後面把書帶出來了，黑小雞就這樣把石板書交回給夏碎學長。「看來這上面有非常高明的術力寄居，竟然沒有任何人發現，是我失誤了。」

「這是什麼？」哈維恩臭著臉問。

「還不知道呢，不過我想應該已經快要揭曉。」夏碎學長微微嘆了口氣，正在互相傷害的千冬歲和小亭幾乎瞬間放棄攻擊對方，馬上回到床邊，這點他們倒是極有默契。

還沒讓夏碎學長再說點什麼，走廊上又傳來非常匆促的腳步聲。

這次出現在門口處的，是薇莎。

「不好了。」她愁眉苦臉地說：「剛剛落日那邊傳來消息，他們發現枷奧歐。」

「矮人預言家、枷奧歐，死了，就在剛才。」

※

碧斯緹斯的海上組織據點，在我們到來的前幾日，主要成員正前往海域上處理一個求救。詳細地說，是一艘海船發給他們的緊急求援。

但當他們到達時，發現並沒有所謂的海船，而是一艘殘敗不堪的幽靈船。照理來說不太可能繼續航行的古老船隻上纏繞著大片黑影，密密麻麻全是某種詛咒——不是單一詛咒，而是許多邪惡的咒語混雜在一起，交錯混雜變成一大團邪惡黑氣，外頭卻又包覆一層白色術法。很可能是其他發現幽靈船但又沒有能力處理的人製作的祝禱，盡量不讓包裹幽靈船的黑色力量傷害到海面上其餘生物。

也不知道爲什麼幽靈船航行這麼久都沒被通報亦沒被任何巡邏海族發現，一般這樣的船應該早就會被舉報，光是滿滿在水下的海族就不會放過，可是什麼消息都沒有擴散，直到靠近碧斯緹斯時，突然發出奇異的求助，才吸引了落日的同伴們前往。

費了好大一番工夫，他們才終於剝開詛咒，慢慢清理出能夠進入幽靈船的道路。

然而一進去就看見駭人的畫面。

幽靈船上的甲板倒臥著許多人……或者應該說屍體，但明明已經腐敗大半的屍體卻還有心跳呼吸，仿若喪屍般死不去，卻又進入深眠無法動彈。

每一個都是活著，他們的靈魂都還被囚禁在破碎的殘屍當中，並未前往安息之地。

從船長、副船長到各個船員，每個人都呈現相同的狀態，糜爛的身體發出濃烈惡臭，吸引還沒被驅散的詛咒繼續啃食他們的血肉。

很明顯，這是一種非常可怕又殘忍的邪惡術法，把人們的靈魂鎖死在軀體上，讓軀體逐漸邁入死亡，如果術法順利完成，撐不下去的白色靈魂將因痛苦扭曲成黑暗，成為邪惡的鬼族重生在世界上，而且因為死前遭受到極大的折磨，這些鬼族會變得異常凶猛，戰爭時經常會被製造來作為軍隊，襲擊白色種族。

因為正在轉變，落日的同伴們當下做出唯一的決定，就是趁他們還沒變成鬼族、失去靈魂之前，先將他們送回安息之地。無法保護肉體，但至少能保護他們的靈魂，這也是大多白色種族會做的事。

就這麼清理到客艙時，他們發現躺在裡面的矮人。

似乎受盡折磨的矮人骨瘦如柴，已經沒有畫像上那精神飽滿的樣子，他的身體和其他船員一樣被腐蝕大半，連露出的白骨都被侵蝕了，整張臉已有一半猙獰扭曲，混合爛泥般的血肉筋骨被黑紅色的血覆蓋，像是被迫戴上一層邪鬼面具般恐怖。

比起其他船員，枷奧歐的扭曲速度似乎快上許多，而且也開始招來轉變為鬼族時的邪惡力量和毒素。

海上組織成員知道已經來不及了，雖然還有許多想要詢問的事，但他們也只能快刀斬亂麻，瞬間結束枷奧歐的生命，並將即將遭黑暗束縛的靈魂送上通往安息之地的路途。

「海上組織現在正擴大搜尋幽靈船航行過哪些地方，一有消息會立刻回報。」薇莎憂心忡忡地看著我們所有人，「落日他們說結束枷奧歐生命時，發現某種東西從他的屍體逃竄出來，但是速度太快，力量感也完全被抹去，他們認為與書被帶走的時間太過契合，要你們小心周身，保護自己的安全。」

「我們會的。」夏碎學長微笑回應薇莎的憂心。他的笑容這時候看起來相當舒服，還帶著不明所以的安心感，很容易讓旁人看著就相信他，想當年我也曾是這種笑臉下的受害者。

似乎還很介意這些事，薇莎又反覆叮囑要我們特別小心，之後才帶著擔憂離開。

海上組織的成員一走，千冬歲就面色陰沉地走到他哥面前。

還不用弟弟的千百種拷問，夏碎學長慢悠悠地把自己的手從石板書後伸出來。

我相信所有人應該都看見了，夏碎學長右手的手指上出現了本來應該沒有的黑色紋路，像是蛇或是某種爬行生物纏繞在他的無名指與小指上頭，透出了既邪惡又危險的細微力量。

那瞬間，我聽見了。

千冬歲理智線斷掉的聲音。

第四話　古城的使者

我們離開夏碎學長房間時，後面的兄弟黨對話大致上就是，「我眞的沒事」、「爲什麼要瞞著我們」、「這不是什麼大問題」、「你知道你自己身體狀況嗎」……諸如此類的一來一往。

接著萊恩就將門從大家面前關上，阻隔房內的來回問句聲。

「看來千冬歲他們還要溝通很久呢。」喵喵聳聳肩，大概就和我們一樣知道千冬歲沒說個段落不會放過他哥。不過相較之下，她也有身爲醫療班的想法，「得等到出來之後才能知道是什麼咒語，回報醫療班取得援助。」

確實，夏碎學長的狀況不像平常，他的身體還在調養，也難怪千冬歲會那麼擔心了，甚至忘記先把我們轟出去再破壞形象。

「你有記住剛剛的詛咒嗎？」我側頭低聲詢問哈維恩，果不其然，黑小雞非常可靠地對我點點頭，「幫我問問看然，說不定有什麼辦法。」

黑小雞皺了一下眉，顯然不是很想幫助白色種族，不過還是再次點了頭。這方面他倒不太會反駁我，雖然他不喜歡和白色種族有牽連，但在正事上通常不會拒絕，就算是黑色種族，看來善良的小心靈還是一樣的，即使他本人肯定不承認。

千冬歲他們大概不會馬上出來，門口的人各自打過招呼之後就全散了，繼續去做自己的事。反正也沒我的事情，我就直接回房間，正想著繞去開放式餐廳拿個點心時，隱約好像看見走廊窗外的甲板上出現了藍藍的東西，很快吸引住我的視線。

仔細一看，好像是什麼有小翅膀的……蝴蝶？

甲板上有好幾隻藍色小蝴蝶正在一下一下地振動著翅膀，可能是因爲船上有術法保護，蝴蝶竟然沒有被海風吹走，而是穩穩地在原地飛舞著；數秒之後，一抹人影自上方落下，無聲地踏上甲板。

哈維恩立即擋到我身前，警戒地看著外面的人，顯然這個絕對不是船員或海上組織，在船上的時間我差不多看過所有人，雖然沒有全部記住，但他們大致的打扮還是有印象的。

踏在船上的外來者看起來是個自帶美形氣場的人物，斗篷與深褐色的長髮輕飄飄地隨著動作緩緩落下，連風都好像在幫他襯托，吹得又慢又緩，陽光還剛好打在他身上，帶出了一絲漂亮的光暈。

來者慢慢抬起臉，果然是張白皙又漂亮的小臉蛋，細長的眼睛像是裝了淡褐色的玻璃珠，極為透徹，睫毛很長，五官輪廓也非常深邃，是那種陶瓷娃娃類型的美形人物，沒胸沒臀，斗篷下看起來是男裝下身，嗯，性別男。

這世界漂亮的東西看久了果然會麻木，看過學長和賽塔那種超美形精靈之後，現在看見這個一般美形反而比較沒那麼震驚，口水吸一下就沒有了。

不過學長雖說美形，但還不到會吸口水的地步。我想想，我當年都還來不及震驚他的美形其中一個原因是那時候我以為我要死了，滿腦子想著寫遺書，另一個原因八成就是下一秒看見學長殘暴的那一面，以至於把他的第一眼震撼給抵銷掉了。說眞的，如果換個時間地點，學長也來個輕飄飄的精靈式下降，搞不好我還眞的會把口水流出來喔！

唉，果然想起當年都不勝唏噓啊。

「發什麼呆。」哈維恩冷冷的聲音把我喚回現實，打破我試圖想像學長輕飄飄下來的畫面。

「沒，我只覺得這人的感覺有點熟悉。」看著美形男我不知為啥就想到了學長和賽塔……欸？等等，這該不會是——

「這是一隻精靈。」黑小雞呸了聲，展露出自己的嫌惡。應該說他看到白色種族都很嫌惡，這點其實也算好，從精靈族到人類他都一律厭惡，幾乎沒有高低之分，還眞平等。

……我靠還眞的是精靈！

現在精靈都滿地跑了嗎？

正在想要不要衝出去迎接大駕，外面那個精靈搖晃兩步，身子突然一個轉彎，直接歪著步伐晃了出去。

「啊，暈船嗎？」這年頭當精靈真不容易啊。

「精靈怎麼可能暈船！」黑小雞用看白痴的鄙視目光看我。「如果有精靈會暈船，就是世界上最大的笑話了。」

「欸，不是，他好像真的暈船了。」我看著那個精靈背對著我們，搖搖晃晃好像酒醉一樣，接著撞到欄杆，一個不穩就撲了出去。

還沒下令，那瞬間我看見黑影把精靈一把抓，臭著臉的哈維恩不知啥時衝出走廊，直接把精靈扛回來。

還沒說話，幾名海上組織的人瞬間出現在我們周圍。

「沒想到伊多維亞城的使者親自到來，有失遠迎。」別著深藍色徽章的海上組織小隊長走了出來，非常恭敬地行個禮。

被哈維恩拽著的精靈整個趴在黑小雞的肩膀上，露出很夢幻飄逸的笑容，美麗得幾乎炫花所有人的眼，如同音樂般美麗的嗓音傳來——

「沒事，然後，我暈船了。」

……

………

※

精靈坐在交誼大廳的沙發上，接過船員遞來的水杯，慢吞吞地喝了一口。

連喝水的動作都自帶高雅氛圍，好像杯子裡裝的不是普通的水，而是什麼聖水，讓精靈拿得又輕又柔。

「抱歉，讓各位見笑了。首先自我介紹，我爲伊多維亞城的使者，直屬於『潾』城主的銀箭武士，已隱。受託於代城主，出發前，因友人的一些小玩笑造成環境適應不良，讓幾位看了醜態，眞是相當地失禮。」被黑小雞喻爲世界最大笑話的精靈即使覺得自己失禮，還是表現得很優雅，就像剛才的暈船只是不小心被鳥大便打到一樣自然。「我們發現設置於碧斯緹斯的古老封印被觸動，印記被帶離，循線追上了令人驚訝的懷念船隻，唐突造訪也請諸位見諒。」

城主？代城主？

「你們城主不在嗎？」不知道為什麼精靈一直對著我看，我也很自然地發問了，接著我才想起周圍一大堆海上組織外加公會的人，好像沒有我發問的餘地。

精靈還是衝著我微笑，非常有耐心地開口：「這位想必應該是近期才來到守世界。」

黑小雞無奈地翻翻白眼，充當有聲字典，「提起蝶城——『伊多維亞』，這世界的人都知道建城的是雙城主，城主『焬』、城主『潾』，潾城主一直是以副城主自居，但是焬城主主張雙城主治城，所以蝶城所有記錄都是雙城主，就用焬城主與潾城主作為分別。」

「那代城主……？」

「焬城主在很久以前的大戰消失了，潾城主治理蝶城數百年之後，不明原因失蹤，原先是由城主們的親信代為治理，但因為潾城主失蹤過久，在蝶城上下一致同意後，選出新任的城主，不過新城主不願意自稱城主，而是使用代城主的稱呼，表示只要雙城主其中一位歸來，就會將城主之位歸還，所以現在像這樣特別自稱『潾』城主屬下的，就是他主子失蹤之前就已經存在的親信團。」黑小雞指指那個帶著微笑的精靈，絲毫沒有什麼在意對方感受的意思。「一般只會說自己是蝶城城主派來的，有多加頭銜的就會比較囉嗦，因為地位不一樣，辦的事情也會囉嗦很多。」

感覺有點複雜啊！

不過總的來說，大概就是現在是個代替職位的城主吧。

……

欸！不對！我終於想起來了！難怪我一直很在意這個蝶城！

原來蝶城和伊多維亞同一座啊！千冬歲那時候說我還沒放在心上，現在才猛然連結起來。

確實，我曾在很久前的夢境裡看過蝴蝶旗幟飄揚的畫面，明明我也聽過很多人對我描述。

「黑精靈城主？」我想起不久之前，莉莉亞還在翻著白袍書本給我解釋著上頭的文字，當時確實有說到伊多維亞的城主是黑精靈，他們曾經帶領許多種族與陰影對抗，不過那時候我在意的是其他事情，反而沒有對這座古城多加留意。

然後我也想起來了，重柳族曾對我說過，三千年前的陰影大戰中，當時以伊多維亞爲首的聯合軍首領無一生還，那也就是說……「大戰領首的，是焔城主？」

「是的，當年戰爭的種族帶領者們至今尚未找到存留痕跡，然而似乎也未見他們回歸安息之地，我們僅能祈禱……不斷地祈禱。」精靈露出有些悲傷的神色，顯然這個話題讓他想起不太好的回憶。

重柳族是時間種族，也能夠查看時間之河，他那時跟我說「無一生還」應該就是眞的全掛掉了，但是「靈魂沒有回歸」這個說法我也不太懂，只能以後碰碰運氣，如果有遇到重柳族再問看看了。畢竟有六羅那種前例，所以很多事情很難說得準。

那滸城主又是怎麼回事？

看來這還是要自己去找資料了，人家使者來這裡應該是有正事，我就不信他是專門來做歷史演講，所以別浪費別人時間比較好。

說起來，我還去過「蝶館」，該不會也有什麼關聯吧？

算了，之後再問問其他人。

「蝶城的使者趕赴此地，有什麼重要的事嗎？」海上組織的人終於開口問正事了。

精靈又是慢吞吞地微笑了下，才優雅地開口：「如同方才所說，我們察覺碧斯緹斯所設下的久遠封印被啓動，當中似乎收取到不太好的影響，於是由我前來探查印記與持有者的狀況，而我友好的弟兄們則前往碧斯緹斯執行海怪善後與淨化。多年以前我等心存善念，希望古霍西魯格霍夫在漫長的淨化封印中能夠重拾良善，並未將牠抹除，然而多年之後，看來古霍西魯格霍夫並未取回自己的靈魂，眞令人惋惜。若是牠願意潛心接受淨化，數百年後或許能重新成爲白色種族的一員，捨棄扭曲影響，回歸原本該有的道路。」

「扭曲能淨化？」我愣了下，整個人連忙站起，「你們有辦法淨化被陰影影響的東西？」

那隻海怪的確曾接觸過陰影，而且還整隻扭曲，這個精靈卻說他們在淨化牠？

「當時正好取得一些罕見的淨化之物，於是我們嘗試製作了上古白精靈術法，成效似乎不好，必須要非常漫長的時間來重整黑暗扭曲，失敗的機率也很高。」精靈遺憾地說：「那僅僅是微小的希望，然而結果令人嘆息。」

「但是你們還是有一點點辦法對吧？」我很期待地看著這個精靈。「我們有人被鬼族傷害，能拜託你們嗎？」

「……我在閣下身邊有感應到白精靈的守護，若是您所認識的白精靈也無法完全淨化那些黑暗，想必我等黑精靈後裔也是束手無策。」巳隱搖搖頭，惋惜地看著我，幫不上忙似乎對他來說有些難受，「我所能做的，或許也僅爲緩解那份痛苦，協助延長時間而已。古霍西魯格霍夫所受黑暗的影響雖然巨大，但靈魂因爲某些原因尚存，正巧又取得古代純淨之力，才有如此一試，現在術法已破，當初的純淨力量也早已用罄，很難輕易再重現當時的淨化術法了。」

「不過你們那裡有製作方法吧，你可以給我們一份，如果以後我們自己也拿到了材料，可以試看看。」哈維恩直視精靈，開口：「白色種族應該不會那麼小氣吧。」

「如果能夠協助遭受苦痛之人，我很樂意將我所知抄錄給諸位，或許終有那麼一日能夠幫得上忙，屆時也務必讓我出一份力量。」精靈非常大方地同意，也和黑小雞約好等等就騰寫給他，完全沒有因爲黑小雞剛剛敵視白色種族就對他不友善，或是拒絕他不太禮貌的要求。

然後，話題又回歸到正事上面。

「所以，你說的印記是把海怪抹除那個嗎？」

不知道為什麼哈維恩與精靈對起話來，正在聽他們說話，我看見夏碎學長和千冬歲、王子等人走近，應該是收到海上組織的通報。沒有打斷我們，幾個人各自在周圍坐下，聆聽著。

「不，那是術法被破壞之後的反逆術法，牠所抱持的惡意越大，術法的逆襲便會越大，反之則不會受到什麼傷害，可惜了……」巳隱輕輕地嘆息，帶著有些抱歉、有些無奈的語氣吟唸了小段精靈語言，之後才說道：「主神在上，願能理解吾等的罪過。」

所以那海怪是真的極度邪惡才會整個被炸開，精靈的反殺果然還是很可怕的。

精靈感傷完之後，再次把目光轉向我，「所謂的印記是在封印之上，我想應該是這位拾走了，若非有力量的人，應該很難輕而易舉將印記帶離，上面有些精靈術法，大多數人會因為法術驅動而無法拾取物品。」

「我？」被精靈看得莫名其妙了起來，我可不記得有撿過什麼蝴蝶之類的東西。

「是的，是個金色的，像這樣的生物。」

巳隱比劃了下手掌大小的形狀，我總覺得那個樣子很眼熟……啊啊啊啊啊啊啊！

連忙翻找包包，我把挖沙撿到的黃金蛤蜊拿出來，「印記？」誰家把印記做成一顆蛤蜊的形狀啊喂！

精靈微笑了下，點點頭，接過金蛤蜊，「因為怕被人隨便拿走，所以便寄放在長住在該地的小小友人身上。」說著，他在金蛤蜊上輕輕摸了摸，閉得死緊的蚌殼慢慢打開，吐出了一小片湛藍色的物品。

仔細一看，是枚硬幣大小的玉片，上面刻印著蝴蝶的圖騰。

……你們把印記放在一個蚌殼裡面到底是想給誰看啊你說說？

難不成是讓蚌殼感覺到危險時噴射到敵人身上的嗎！蚌殼都被我挖走了喂！認眞一點放置這種示警物品啊！

「如果不介意，這位小友人隨後我會將牠帶回原本的住處。」精靈繼續微笑地看著我，平淡的語氣裡其實沒有給我的選項。「雖然牠似乎對你的旅程也很有興趣，然而牠依舊比較喜歡原本的海灘。」

「請便……抱歉是我挖走了。」我還眞沒想到蛤蜊的後面有精靈朋友，以後看到蚌殼眞的不能隨便亂撿，還好我沒有肚子餓就把牠烤掉，不然還眞不知道會不會有精靈衝出來拚命。

「既然有緣，那麼這印記便送給這位了，有機會的話，或許能在伊多維亞城招待你。」說著，已隱就把玉片遞給我。

「咦？不用放回去嗎？」我有點受寵若驚地接過玉片，涼涼的，上面似乎還有一絲純淨的水之力，感覺米納斯應該會喜歡。

「不需要了，原本僅是標示此處有封印，以及當封印被破壞時能第一時間聯繫上伊多維亞使用，既然術法已經完全解除，那這也僅僅只是普通的裝飾品罷了。」精靈收起蚌殼，看著我露出透明的微笑，那種笑容其實和夏碎學長想糊弄別人時的營業笑容有點像，可是更加誠懇，完全發自內心肺腑。「另外，我見你身上也殘存著一些詛咒，或許僅剩的純水之力能夠協助你淨化些許負面影響，不至於牽動你原先的問題。幸好你也是水屬性，理應不會有力量排斥……或許吧，晚一些希望我能為你梳理身上的保護，你身上有些雜亂了呢，真是受歡迎。」

只能說，精靈不愧是精靈，看來他應該在第一時間就已經發現我的處境了，所以才把這看起來還是很貴的東西交給我。

不過我身上雜亂是怎麼回事？

誰又在我不知不覺當中給我下東西了？

「謝謝你。」先誠心謝過了對方，我小心翼翼地收起玉片。總覺得最近一直都在收東西，這邊拿一個那邊拿一個，收了滿滿的守護道具。難道我真的散發出一種沒有在保護自己的感覺嗎？

「那麼這位……」已隱轉向坐在一邊的夏碎學長，旁側的千冬歲立刻警戒起來，估計他剛剛斷過的理智線還沒完全接回，現在處在敏感狀態中，像隻半炸毛的貓。完全不知道前半段事情的精靈自顧自地說著：「嗯……你身上的已經遠超過我能處理的範圍，亡者的轉移術法相當棘手，不過你似乎設下了相當好的保護術法，短時間內不會有危險。如果需要協助，在此停留期間，我也會竭盡所能地幫助你。」

「謝謝，我相當明白我身上所發生的事情。」夏碎學長回應了對方的友善，「我更希望能藉機與伊多維亞的使者有術法方面的交流，蝶城的精靈術法獨具一格，不僅學院，甚至公會每年都會進行研究交流，數千年前能起身並領首對抗黑暗，必定會讓我們有許多收穫。」

「如果你有興趣，自然很樂意討論，然而我自身的學藝不精，希望不會令你失望。」已隱也沒有推拒，非常大方地同意，兩人在這話題上幾乎是一拍即合，彼此對視微笑了下。

「你說在這邊停留？伊多維亞的使者不用立刻回城嗎？」千冬歲推推眼鏡，疑惑地問。

「除了來了解封印狀況，我另一個任務，是與諸位同行前往冰牙族——是的，伊多維亞的精靈們已經耳聞風之精靈傳遞的消息，雖然冰牙兄弟們早已退出歷史，但我們依然爲回歸的弟兄歡喜，代城主囑咐我在處理印記之事後，陪同諸位前往冰牙族港口，精靈港口中有許多都與伊多維亞結盟，使用我們的空間轉移點，會使航程縮短許多，很快便能抵達冰牙族。」巳隱將所帶的好消息告知我們，「代城主完全開放精靈港口使用的權限，我想最少兩日內，便能讓各位抵達冰牙族的港口。」

「那眞是太好了，如果有伊多維亞城的協助，就能減去很多麻煩。」夏碎學長看上去是眞的滿高興的，他又愼重地向精靈道過謝後才繼續說道：「『他』曾說過，越接近冰牙族，越有極大的機率在外圍港口被阻攔，如果有同爲精靈城的使者協助，是最好不過。」

「同爲世界手足，這點協助不算什麼，數千年前冰牙族曾派遣大量戰力一同抵禦黑暗降臨，伊多維亞城自然不會視而不見。況且，我們至今仍和冰牙族有商業上的往來，比起飄忽不定的座標，讓我們帶領，會更令人安心些。」巳隱還是不變地友善微笑，「以上便是我的所有來意與任務，接下來這段時間，如果有需要任何幫忙，也請諸位不用客氣，儘管提出便是。」

精靈來訪的說明差不多就這樣結束了。

蝶城的使者和我之前見過的精靈有點不太一樣，十分友善，而且沒有那種輕飄飄高冷不太好接近的感覺，也不像學長那種散發自我氣場隔離外人，簡單地說，和辛西亞有點像，是鄰家大哥哥的類型。

後來，哈維恩百科才告訴我，伊多維亞城雖是精靈統治的城市，但在數千年前就已是罕見的完全開放城市；也就是接受各種族進入開家立業，甚至經營商賣，爭取入城做為武士、將領的地方。雙城主並非原本就是某一個精靈種族的統治者，而是帶領了一群「各式各樣」的人們徒手建立起家園，之後才被推舉成為統治者，所以他們不是一般純粹的精靈城都，而是「精靈統治的城都」。

因為聚集大量不同種族，所以蝶城的精靈遠比一般精靈更願意接納外來的人事物，也很樂在其中，結盟種族只要需要協助，蝶城也願意派遣人手前往解決問題，於是伊多維亞城越漸興盛，雖然經歷過數次黑暗年代，卻總能很快重拾腳步，穩穩立於傳說之中，並延續至今。

不過，這些也都是後話了。

來自古城的精靈，就這麼加入我們的行旅，短暫地陪我們繼續航行。

⁂

「漾～」

走在長廊上，對面的五色雞頭一蹦一跳地往我這裡走來。啊，剛剛精靈來訪時，這傢伙沒出現在大廳啊。

說起來，雖然有看見王子，但沒有看到阿斯利安，可能也在忙其他事情吧？

「聽說有個怪傢伙上船了，好像明後天就可以進冰牙族的海域。」五色雞頭不知哪來的消息，他無視哈維恩的白眼，直接搭在我的肩膀上，「看來差不多也快結束行程了，嘖，大爺還沒玩夠說。」

「乖乖回學校上課吧。」我拍掉五色雞頭的手。想想其實這次蹺課也夠久了……好啦我們有五袍證明，應該說這次「校外教學」夠久了，回學校都還不知道課程接不接得上，想到那些老師，眞怕作業沒搞好他們又要耍什麼花招了。

班上現在不知道怎樣了。

因爲發生很多事情，突然覺得好好上課似乎是有點久以前的事情了，明明也不過才幾天的時間。

這次回去，應該能見到學長重新在學校出入的畫面吧。

「漾～你在打什麼壞主意啊，大爺覺得你的笑有鬼。」五色雞頭嘿嘿嘿地靠過來，「來吧！殺人放火、屠村燒莊，還是要推老太太到馬路，搶小孩零用錢，大爺都奉陪。」

「你才推老太太到馬路，你全家娛樂都是推老太太到馬路！」眞是缺德！竟然這麼對老太太！你們一定會每張刮刮樂都是銘謝惠顧！

「大爺的娛樂才不是推老太太去馬路，本大爺專門把人按在馬路上給車輾過去。」五色雞頭呸了聲，好像很鄙視把老太太推上馬路的行爲，「這種小兒科的事情，只有那些沒用又沒創意的殺手才會去做。」

……你們還眞的有人把老太太推上馬路嗎！

道德呢！

……算了，跟殺手講道德是我的錯。

「嗤，大爺懶得管他要推誰，走走走，去吃飯！」五色雞頭揮揮手，結束這個無聊的話題，再次搭住我的肩膀，直接強迫我轉方向，往餐廳走去，「忙了那麼久，餓死！」

「嗯？你在忙什麼？」我是知道他好像在挑釁後面跟來的殺手，不過數量有這麼多嗎？竟然讓他忙到餓死？

「喔，除了把那些無視老子黑道令的傢伙按進海底以外，老頭那邊有點囉嗦，順便把他派來的東西也按進海底。」

「你把什麼按到海底？」我被五色雞頭說的話給驚了一下，他該不會把他同族人也按進海裡讓鯊魚咬走吧？

「哼哼，老頭一知道我們搭什麼船、有啥意圖，追蹤法術多得跟啥一樣，大爺我見一個拆一個，全都丟進海裡，反正那些海族很閒可以清理，省事。」五色雞頭不以為然地咧嘴，「臭老頭還想從裡面撈點什麼好處，作夢！」

原來只是術法，眞是嚇到我了。

即使知道殺手家族應該動不動就是處決、掉腦袋什麼的，我還是比較難接受連自己人都要下手的思考模式。

「所以我們要去找那個精靈麻煩嗎？」五色雞頭朝我比了記拇指，再次展露他的無聊，「讓他知道誰才是老大。」

「沒有人要找精靈麻煩，你最好也不要去。」那個精靈看起來雖然很親民，不過敢隻身上這艘船，還可以一眼看穿我們的問題，肯定不是什麼簡單的人物。話說回來，精靈這種東西本來就不簡單了，就算看起來一臉愚蠢，也很有可能是個什麼王子之類的東西就是。「你別隨便去動他，我說眞的。」

五色雞頭聳聳肩，也沒有繼續說要去找精靈麻煩了。

看向走廊窗外，不知道是不是錯覺，晴空鳥的數量似乎變多了，藍天上有不少優雅的鳥兒正在翩然飛舞著。

估計，會是很安全的旅程吧。

……

………

我抓住胸口的衣服，不知道什麼時候頭上跟著冒出冷汗，某種奇怪的氣息從我身上炸了出來，瞬間整個人劇痛到眼前都是黑的。

立刻就有人把我拽住，沒讓我面朝下撞地板，然後聽見黑小雞的聲音，具體講了什麼沒聽清楚，整個人痛到耳朵都嗡嗡響。

痛，眞的很痛。

好像從骨頭裡面炸裂開一樣，皮肉全是腫脹的痛。

我也不知道我有沒有叫了，反正痛到快抓狂時有人把我按住，接著溫暖的力量緩緩傳遞過來，一點一滴地試圖想要緩和突如其來的異變，只是那種痛好像很抵抗被撫平，另一波更強烈的劇痛又湧上來，逼退溫和的力量。

發生什麼事？

爲什麼是現在？

不是有許多守護在保護我嗎？

痛到精神快要錯亂時，我好像在黑暗中捕捉到一抹白色人影。

依靠你的同伴……

那個人對我伸出手，冰冷的手掌貼到我的額頭上，隱約好像看見不帶有任何情感的藍色眼睛，透徹的眼瞳上似乎倒映著我掙扎的表情。

冰涼的感覺慢慢滲透到我的身體裡，詭異的痛楚緩緩平息下來，力氣也開始從我的身上被掏空。

我感覺自己在下墜，落進黑暗裡。

黑與白，互不侵犯，亦不相容。

既然離開了守護之地，終將會被外力所影響。

你能忍受一切，繼續維持自己的本意嗎？

我看著白色身影，輕輕地收回手，逐漸沒入黑暗當中。

然後我呼了口氣，放鬆了下來。

第五話　相斥的前兆

再次睜開眼睛，看見的是房間天花板。

「感覺如何？」

黑小雞的聲音從旁邊飄過來，與之前略帶嘲諷的語氣不同，這次浸染了些許擔憂，很認眞地又重複了一次，「你感覺身體如何？力量還會失控嗎？」突然讓我想起以前每次倒楣時，從醫院醒來當下，都會聽到媽媽坐在旁邊擔憂地問我這樣的話。

那時候，我常常很愧疚，覺得怎麼又是我，雖然已經是慣例，但媽媽的擔心沒有因爲這樣而減少，常看見她眼睛有點紅紅，可能是熬夜照顧我，也可能有其他原因，超凶的我老媽，那時的口吻就和黑小雞現在一樣。

我張了張嘴，覺得四肢還有點無力，而且一頭霧水，搞不懂黑小雞這麼擔心問話的意思，現在我已經不像以前那樣三天兩頭跑醫院了，不過仍是先回答了：「覺得要掛了……」好像重感冒一樣，全身痠痛，暈暈沉沉的。

轉過腦袋，房間裡只有黑小雞，不過感覺多了好幾種術法，沉靜的力量感飄浮在空氣中，讓人莫名地很安心。

「怎麼了？」黑小雞沒搭話，我吸了幾口氣，覺得力氣似乎恢復了一點，問道。

「不明原因的力量失控。」哈維恩坐在一邊，表情有點沮喪，「精靈說可能是你短期內接觸了過多黑暗物體，並與黑暗交流了語言和精神，身體還在調節湧現的黑色力量時出現的誤差造成失控，他可能必須要清查你這段時間接觸過的黑暗，再幫你身上的守護法術做些調整。」

「呃……我還以爲是海怪詛咒。」畢竟那個感覺比較凶。

「不，白色種族在你身上安置很多保護術法，是你天生的黑色力量被最近的事件引動，突然奔漲，那些守護來不及調整湧現的強大力量，才會反噬造成影響。」哈維恩低下頭，「是我失職，如果我早一點注意，就不用白色種族來插手這些事情。開始進入有大量白色種族的土地時，我就該留意，黑與白會相斥，身體的調節就會更受影響。」

他看上去眞的很沮喪，估計還有不少內疚的成分。

我按著還有點鈍痛的額頭，想了下，盡量讓自己的語氣輕鬆些，「你也不用太介意，眞不行就自動辭職吧。」

「不行！」黑小雞立刻抬高頭，氣勢洶洶地捍衛自己的地位，「沒有人能夠做得比我更好！」

你也眞是太自信！

萬一有個像尼羅一樣的超級萬能管家出現，我百分之兩百賭他會做得比你好！

……算了，黑小雞好歹本職也是個優秀的戰士，拿他和管家比對他很沒禮貌，他確實已經很努力在做了，從一開始賞人巴掌到現在努力配合我節奏，幫忙留意許多事情，眞的已經很好。況且他怎麼會知道我身上那些被動的手腳還會有誤差爆炸，我自己都沒注意到了哪能怪別人，我同樣對大家給我的保護太過放心，以至於忽略了身體深處隱藏的危險。

「不過在那個精靈替你調整之前，你似乎就好很多了，幸好沒有危及性命。」黑小雞語氣又軟回去，大概是很想要讓我罵兩句，好減少他的愧疚。

我就偏不罵。

這樣罵下去就顯得我在欺負黑小雞了，他又不欠我什麼。

「我被人幫助了吧。」完全陣亡之前，看到的那個果然是重柳族吧。我所知的人裡，應該就只有他有這種能力可以立即出手，還有那道黑暗裡的熟悉白影，想不出來有第二個人了。

「嗯？誰？」哈維恩狀況外。

「不告訴你。」

「……」

黑小雞翻了一個大白眼。

等到身體狀況好了點，我從床上坐起來，注意到窗外是一片黑藍，點點星光在天空綻放，還有一整條星辰長河，看起來挺壯觀，像是專業攝影照片上才會見到的畫面。還好我最近閒著晚上就拿手機猛拍照，改天太無聊的話大概可以架個很文青的網站，裡面放滿我在各地收集來的星星月亮照片，估計會有很多人喜歡。

「你昏睡了一整天，顧忌你身體累積的勞累，所以我讓你再睡久一點。」哈維恩自動自發先解釋，然後幫我倒了茶水過來，清爽的藥香被溫熱的水一沖，立即瀰漫在周圍，「我設下隔離結界，其他人進不來，除非是必要的治療。」

「……？你隔離其他人幹嘛？」我愣了愣，看著做出莫名舉動的黑小雞。

「你力量失控，白色種族可能會對你痛下殺手，我必須避免這種可能性。」哈維恩瞇起眼睛，全身依然很警戒，就像踩在蛇窩裡，非常緊繃，「白色種族並不安全，即使是親人都有可能對你動手，我無法信賴在這裡的所有人。」

「千冬歲他們很安全，你至少該相信他們。」呼了口氣，我喝口茶水，溫熱的青草味道很快便讓我覺得舒服點。「如果他們想對我怎樣，我早就在身分曝光那時掛了。」

「世界的人也都知道我們是黑暗種族中的夜妖精，和平年代自然有許多人願意與我們交流，甚至交情好一點的還會稱兄道弟。」哈維恩倏地站起身，狠狠握緊了拳頭，「然而，一旦有了威脅，我們便會成爲世界之敵，衆多兄弟遭到屠殺，就連幼童都不被放過，我們遭驅逐進了森林的暗處，選擇沉默保命。你認爲你身邊的人很安全，但往往最不安全的，就是身邊的人，因爲他們是唯一能夠在最接近你的地方，對你心口刺上第一刀的人，而你絕不會防範他們，直到痛楚來臨時，你才會恍然大悟自己從未看清他們。」

「呃……好吧，如果你要這麼認爲，我是不會擔心千冬歲他們對我補刀的。」看來晚一點得去向千冬歲他們道個歉了。其實黑小雞的想法我可以理解，畢竟他生存的環境就是這樣，白色種族的確造成迫害，只能說立場不同，看法不同，如果今天換成他是我，估計想法就差不多了。所以我沒辦法苛責他太多，他很用心爲我著想、保護我，用他自己的方式，只是和一般人的做法出入比較大而已。

「你可以保留你的想法，其餘的事情我來做即可。」哈維恩丟下這句，轉身往門口走，「你有客人。」

客人？

黑小雞離開後，冷冷的氣息自陽台處被晚風帶了進來。

「你怎麼……」

我看見從陽台外走進來的人，有瞬間驚訝，雖然知道他出手幫了我，但沒想到他還會主動出現在我面前。

這時間造訪的重柳族無聲地帶進一室寒霜，好像從什麼很冷的地方回來，可以看見他斗篷上有點點碎冰，進了室內後馬上融化無跡。

接著有個東西直接朝我飛過來，啪的一聲砸在我臉上……不能好好用拿的嗎？

「我以為你會接住。」重柳族冷漠的聲音傳來。

「不不，我沒想到你會砸東西到我臉上。」我摀著痛痛的臉，看著左手上拿下來的東西，是一團黑布包著的不明物體，小心翼翼拆開後，裡面是幾片透明的葉子，還發散著淡淡濕潤的冷香。「這是什麼？」

「桑薇亞之葉。」

什麼鬼東西？

我看著重柳族，他好像不打算解釋，頭一扭便直接要離開。

「等……等等，我說等一下，你再動我要釋放黑暗之力召喚大魔王了！」其實我沒想到這句話有用，但重柳族眞的停下腳步，還把手按在腰刀上，可能立刻就要對我的臉砍一刀。「我開玩笑的。」

「何事？」

「關於伊多維亞……」

「城主烺，時間早已停止，如果你是對這件事有興趣。」青年微微側過頭，不帶絲毫情緒的冷言飄過來，「剩下的事，我無法告知，你並非時間一族，我們必須恪守規則。」

「那城主潾呢？」雖然我多少知道答案應該和上次一樣八九不離十，不過還是想追問。

「歷史還未描述之事，不應該由時間種族來透露。」青年回絕了我的提問，「如果命運使你們相連，往後你也會知道。」

「啊還有。」

「能一次說完嗎？」青年開始透出想砍我的語氣了。

「你爲什麼要幫助我？」明知道自己會受傷，爲什麼還要幫忙？

「……」

「你不覺得你出手的次數越來越多了嗎？時間種族可以嗎？」我記得以前他們族人對外族根本是一臉不屑的樣子，而且他們也確實不能插手世界歷史，可是重柳族近期露臉的機率並不低，短短兩天之內就幫忙了兩次，我也搞不懂他在想什麼。

「不行。」重柳族只回答我兩個字。

「如果不能，你就別勉強了，我們的問題總有辦法可以解決。」我想了想，說道：「這樣對你比較好。」我是眞的這麼想的，雖然過程比較崎嶇，但是和大家在一起，肯定能解決很多危機。重柳族每次出手都會傷害到自己，我是很希望他可以幫忙，但不希望是建立在他身上的傷害上。

「……很快就不會再有了。」

重柳族丟下這句讓我摸不著頭緒的話，突然就消失了。

如果不是因爲手上那些葉子還在，我眞以爲又看見幻覺。

時間種族才剛離開，哈維恩就走進來，銜接得相當好，估計他在外面蹲點監視房內，一有空子就鑽進來。於是黑小雞在我命令之下不甘不願地撤銷隔離結界，這下子才把擔心的喵喵他們給放進房間。

喵喵一進來馬上就往我床上撲，接著不斷說著好擔心的話，上上下下給我檢查了幾次，確定已隱的調整有效用之後，才在一邊坐下來。

「都是喵喵的錯，喵喵沒有注意到你身上的保護須要調整，喵喵是不合格的醫療班。」垮著一張臉，喵喵垂下肩膀，很喪氣。

「呃，這個也很難說啦，是我自己沒注意。」說眞的我還眞不曉得怎麼注意起，不過也不能把鍋都推給別人。

跟著喵喵一起進來的阿斯利安稍微調整了房間的空氣流動，變得更舒適一些後開口：「確實是我們這些人的疏失了，多次接觸帶有惡意的黑暗力量原本就得留意對同族的影響狀況，白色種族會相斥力量，黑色種族則會相乘引動，時間長了會越演越劇，像這樣體內突湧的力量與守護術法發生衝突，未來得更注意才行。」

說起來，我還眞不知道自己身上到底被塞了多少東西，以前學長應該放了不少，近期然也丟了點過來，狼神給了毛、狼族其他人給了吊死娃娃，這邊誰給了點那邊誰給了點，總計算起來有哪些也說不準，看來還是得讓專業的來才行。

「進入精靈領域之後，可能會讓你有些不舒服，純白的力量會讓你的黑色力量躁動，雖然不至於有太大問題，你還是盡量和我們在一起行動吧。」阿斯利安想想，補上一句：「這樣會比較保險。」

其實他不講我也會跟緊緊的。

鑒於之前在燄之谷的待遇，我覺得精靈這邊可能也有一海票人想圍毆我，爲了保命，我還是跟大團抱緊會安全點。

接著我把剛才拿到的葉子交給阿斯利安，「這是朋友剛剛拿來的東西，有用嗎？」

「桑薇亞之葉？」阿斯利安一眼就認出葉子，說了跟剛剛聽到一樣的名字，「這能加強你原先身上有的精靈守護，是哪位朋友呢？」

「呃……這個……」

「如果不便告知也無所謂。」阿斯利安善解人意地笑了笑，雖然他對我拿到這樣的東西，有瞬間表示吃驚。「桑薇亞之葉是生長在極寒凍土中的純粹植物。十年長一次葉，百年開一朵花，每次長葉子都僅有兩片，因爲不受到任何力量的污染與影響，擁有極純淨的天然力量，精靈們很常使用這類植物來製作藥物，或者在術法上作輔助。不過取得不易，極寒凍土位於時間之流與月殞通道交會處，我知道精靈以前經常越過時間流域去摘採，現在已經很少看見了，公會裡倒是有記錄就是，這也常常被拿來製作較高等的精靈飲料，用在特殊場合或祭典，看來給你的人對你很不錯。」

……我現在只擔心給我的人不知道又要噴多少血了。

不過都已經有精靈跑來這裡幫我重新調整力量，他又跑去摘這個葉子，感覺好像也不是很必要用得上？

我相信重柳族應該也知道，難道他有另外的用意？

「現在有精靈在這邊，可以先收起來，急用時很好用的！」喵喵馬上拿出個水晶盒子，仔細幫我收好葉子，「如果漾漾突然又像這次一樣，趕快捏一個在手裡或是吃掉！會有效的。」

我接過盒子，連忙把神藥小心收好。

「那學弟你就再好好休息吧，我們應該會在天亮時進入精靈領域。一般很難進到精靈領地，特別是已退出歷史的古老精靈族，這是很難得的機會，養足好精神，珍惜這個經驗吧。」

阿斯利安邊說邊對我眨眨眼睛，有種輕鬆感，也讓我比較放鬆了。

說著說著，我又開始有點疲憊，打起了哈欠。

再次入睡後，可能也是各種術法生效，這次進入黑暗，隨即而來的就是一夜好眠。

❀

天空再次亮起。

如同阿斯利安所說，大清早，航行的船隻進入了一整片湛藍乾淨的海域，船員們在門外回報已經航行在精靈領域當中，讓我可以提前做好準備。

除了比較乾淨以外，大海看起來還是差不多的，不過晴空鳥的數量增加了許多，還有一些不知名的鳥兒張開大翅膀滑翔飛過，天空意外地變得很熱鬧。

確認這次身體眞的沒有任何不適，我神清氣爽地離開房間前往餐廳，直接遇到同樣起了大早的千冬歲等人，他們很有默契地沒有提起昨天哈維恩隔離他們的事情，避開讓我想道歉的尷尬。

坐在一邊的好補學弟本來想開口說點什麼，後來也忍住沒有說出來。

「預計中午會進入冰牙族外圍的貿易港口。」夏碎學長帶著微笑，剝開手上的水果放進小亭嘴巴裡，順帶幫她擦了擦沾在嘴角上的麵包屑。小亭舔舔嘴巴，又去舔舔夏碎學長手指的麵包屑，接著繼續吃。「昨夜通過了許多港口傳送點，因爲通關手續相當快速，就沒有讓你們起來了，未來有機會的話，我們再回來遊歷這些精靈港口，必定有許多事物值得一看。」

夏碎學長的心情非常好，氣色看起來也好很多，我猜大概是已經到了學長的故鄉，我們的任務即將完成……學長很有可能就快要回來了。

一想到這件事情，我的心情也跟著好起來。

雖然，學長甦醒之後，第一件事情我得先把他黏在原地以確保生命安全。

不過只要學長回來，就覺得好像很多事情都會重新回到軌道上一樣，莫名感覺以後會很順利。

看來，學長才是眞正的吉祥物啊！

「學長……」好補學弟看起來鼓足勇氣，努力地說：「我聽其他人說了書的事情……那個，達拓諾的事情，或許我知道一點點喔……」

「嗯？你知道？」這有點出乎我意料了。我接過黑小雞幫我拿過來的早餐，健康的水煮蔬菜和魚肉……一大早要這樣虐待我嗎？來個稀飯配麵筋也好啊。我昨天過得有點慘，好想吃點豐盛又不健康的東西唉。

「一點點！」好補學弟用力點點頭，立刻露出很諂媚的笑，彷彿想藉著這個笑扯平之前我對他的不滿。「他們以前有人會來聖地幫忙挖土，因爲力氣很大，鬆土很方便的。我們會給很多鬍鬚交換，他們很喜歡。」

喜歡人參味的獸王族嗎？

好啦不可否認這一味肯定還是有人喜歡。

「我記得最後一次來的時候，那個人說他們要走了，以後都要走了，要去黑暗的地方，那時我不太懂，後來看守人說，他身上……嗯……好像什麼黑色的吧，我也不知道，看守人說以後也不會再讓他們進來，好像壞掉了？」好補學弟歪著頭想了一會兒，比劃著，試圖找個更加精準的形容詞。「就是不能再來了，會讓我們這裡變不好，看守人很遺憾，但是不能放。」

「當時已經受到黑暗污染了嗎？」夏碎學長沉思了片刻，一邊摸著小亭埋頭苦吃的小腦袋，一邊問道：「你記得是多久前的事嗎？」

「正好是五百年前喔，他們每五十年來幫忙鬆一次土的，已經很久沒有出現過了，現在是別的種族在幫忙鬆土。」好補學弟乖巧地回答。隨口為我們介紹取代的是什麼土系種族，而且還很擅長拔蘿蔔，幫他們拔出一些睡覺時不小心鑽太深的同伴，以免那些迷糊的參又不小心鑽進岩漿地脈裡被燒死。

「也就是說，異變之後，達拓諾部分扭曲的人依舊存活，而且還到了你們聖地履行最後一次約定，並且被看守人允許進入嗎？」千冬歲皺起眉，忽略了拔蘿蔔和烤蘿蔔的話題。「這就奇怪了，被扭曲的鬼族是不可能通過白色結界進入聖地，為何看守人會判斷他們沒有危險？」

「不知道呢，我可以幫你們問問看的，我待會兒就傳訊息回去！」好補學弟一看見好像可以做點什麼，立刻蹦起身體，「不不，我現在去傳！馬上傳！」

「坐下，吃飽再去。」我看他還有滿滿一杯水，八成才剛要開始給自己補充水分。

「噢。」好補學弟乖乖坐回去喝他的水。

「他們活下來還以黑暗之身維持理智了嗎？」喵喵也很認眞地思考起來，同樣對好補學弟提供的訊息很不理解。「雖然不是沒有這種例子，但是好少呀。扭曲之後的人，通常都會失控，靈魂遭到污染很快就會變形啊。到那時候，心靈會完全扭曲，因爲無法接受自己的異變，扭曲者通常永久性地失去記憶和理智……喵喵其實嘛，覺得他們是選擇放棄自己身爲白色種族時候的記憶就是。」

「說不定他們還活著。」千冬歲握緊拳頭，危險地瞇起眼睛，某種凶惡的情緒在他眼底波動。「只要找出來，就知道我哥身上那東西是怎麼回事了！」

先不說怎麼回事，我總覺得找出來會被千冬歲掐死。

「咒術的話，我與夏碎昨夜一起研究過了。」一直都微笑看著我們吃早餐的已隱加入話題。他對夏碎學長的稱呼已經親密到直接喊名字了，讓千冬歲的眉頭又皺起來，顯然不是很滿意這種親暱，但是精靈似乎並不在意來自弟弟的嫉妒，繼續說：「看來這本書曾落入鬼族手中，他們想從上面得到某些東西，但書本被封印了，所以鬼族在上面施加邪惡的詛咒，想迫使得到書的人帶領他們去尋找某些東西。」

「不知爲何，我們看起來非常輕易解除的封印似乎能抵擋鬼族的翻閱，所以詛咒就攀附在封印上頭，在宿主死亡扭曲之後繼續纏上下一名打開書本的人。」夏碎學長看著手上的黑色紋路，有些不以爲然。「雖然凶險，但並非無法解除。」

「是的，尤其我們已經進入冰牙族的領地，這樣的惡咒，在高等精靈眼中相當容易解除，所以各位可以安心。」巳隱算是給了大家一個比較好的消息，千冬歲看起來也鬆了口氣。「到達後，也許可以更進一步回查，屆時就能知道他們究竟在尋找什麼，以及其目的。」

我猜昨天晚上千冬歲大概也沒睡好，很可能就是沒睡，一直想方設法要弄掉他哥身上的東西，然後再去宰掉害他哥被纏上的元凶。

「幽靈船的事情，伊多維亞城正在介入調查中，很快便會有消息。」巳隱再度開口：「纏繞的黑色扭曲由何而來，他們經歷了什麼事情，想必都會有所解答。」

「有精靈出手，肯定很快就能處理妥善的。」夏碎學長點點頭。

說到精靈，其實我覺得我好像又忘了什麼。

有什麼喜歡精靈然後會有很誇張反應的好像被我給遺忘掉了？

「唉唉唉唉唉，手腳好痠啊，看美人看太久，腰痠背痛。」

某個眞的被我遺忘的聲音傳進我的腦袋裡，瞬間我口中的茶很沒禮貌地噴出來，來不及道歉，我直接轉頭看向黑小雞，「快點！擋住！」不然會死馬啊！

哈維恩一愣，還沒反應過來要擋什麼，餐廳的入口先傳來某個巨大物體摔倒的聲音，接著我的腦袋裡傳來我完全不想形容的一連串馬叫聲。

「精精精精精精精精精精精精精靈啊啊啊啊啊啊啊啊啊啊啊——在室的——」

接著我就聽到其他船員的驚叫聲了。

「好多血啊！」

「聖獸出血了！」

「這、這……聖獸抽搐了！」

啊，船員好驚慌啊。海上組織估計不曾處理過獨角獸大量噴鼻血噴到自己倒在血泊裡抽搐的狀況。

我喝了一口溫牛奶，完全無視餐廳門口的極大騷動，餐桌邊除了驚訝到站起來的精靈以外，大家都很鎮定地吃著自己的早餐。

看起來多麼冷血的一桌人啊，純潔的聖獸都已經在顫抖著馬蹄了，竟然沒有人想過去幫忙救治。

在傳說中純潔無瑕的獨角獸翻起白眼時，我腦袋裡還不斷迴響著「在室精靈在室精靈在室精靈在室精靈在室精靈在室精靈在室精靈」這樣的魔音，真想補他一槍讓他死乾脆一點不要迴光返照了。

給我就這樣血盡馬亡吧！

※

「所以這位小夥伴是蝶城來的精靈嗎。」

無恥地維持著馬的形態，色馬倚靠在已隱身邊，兩個大鼻孔插著還微微染紅的乾淨藥布，不要臉地享受精靈幫他擦掉身上血漬的服務。

下流的啦嘰馬！

彷彿對我鄙視的白眼視而不見，色馬又往精靈身上蹭了兩下，露出很虛弱須要呼呼的樣子，接著體虛地將那顆腦袋靠在精靈胸口上。

「真的不須要我請擅長治療幻獸的同伴過來嗎？」完全不知道色馬心態的精靈有些憂心，

看著我們一票不爲所動的人，疑惑地問著，「他的狀況似乎不是很好。」

「不用擔心，這隻的生命力和蟑螂沒兩樣，那個出血是他的慣例老毛病，不會死，等等就會補滿了。」我冷眼看著根本身強體壯還在藉機蹭豆腐的卑鄙傢伙，非常不解這種有邪惡心思的幻獸爲啥沒有扭曲成爲鬼族。

色馬直接對著我一咬，可惡的白牙齒碰撞的聲音在空氣裡特別刺耳。

「啊啊眞是太美好了，在室的乾淨精靈，人間天堂啊。」想咬我的馬頭縮回去，依偎在精靈的身側。

如果我是精靈，我還眞想讓你變成人間煉獄。

「這樣便乾淨了。」已隱收起手上的布巾，滿意地看著獨角獸乾淨無瑕的身體。也不知道他是怎麼擦的，竟然就讓他眞的擦到完全純白，去污力超強。「幸好沒有造成什麼太嚴重的傷害，待會兒我幫忙調製一些補血氣的藥物，雖然沒有醫療班做的那麼好。」

眞正的醫療班都在旁邊不想調製呢。

已經見過大風大浪的喵喵非常信任色馬的生命力，根本沒有打算要去弄點啥給色馬補補。

「不過聖潔的獨角獸如今在外已很難見到，尤其這位似乎也已經活了相當漫長的時間，與其四處飄蕩，或許能有榮幸邀請你一起回到伊多維亞城安居呢？」還不知道獨角獸險惡的精靈露出優雅美麗的微笑，塞在馬鼻子裡的藥布好像變得更紅了一點。

「邀請我同居……」

不！人家沒有邀請你同居！他只是叫你去蝶城住！

「不過，我的心就像風一樣，天生爲了美人們而奔走，我只能浪跡天涯，無法在一個地方待下啊！可惜了同居的小美人……」

「這隻馬說他想回去找他老婆，他上有父母旁有母獨角獸，底下還生了八隻小獨角獸，所以還要回家，他只是出來跑任務賺錢而已。」我冷眼看著色馬，直接這樣告訴巳隱。

「唉呀，原來如此，是我太冒昧了。」巳隱很抱歉地微笑，然後非常誠懇地說道：「請忘了方才我唐突的邀請，希望你的父母妻孩們安好，我會爲你的家人祝禱一生順遂平安。」

說完，精靈還眞的將手放在胸前，誠意十足地唸了一小段祝福。

接著獨角獸憤怒地跳起來，直接往我這邊衝過來。

「撞死你這個斷姻緣的卑鄙小人！」

「你看我就說他完全沒問題很快就會恢復！」

我一喊完，色馬立刻原地倒下去。

再演啊！你再演啊！

「在吵什麼。」

比較晚才走進餐廳的摔倒王子臭著一張臉，用看白痴的表情掃向我們。

「怎麼了嗎？」跟在後面的阿斯利安則是笑笑地踏進來，與大家打了招呼。

「唉呀，小美人。」

趴在地面的色馬爬向阿斯利安的位置，蹭著人站起身。

有些習慣性地隨手摸摸色馬的頸子，阿斯利安再次轉往我們這邊，「等會兒大家可以到甲板上面看港口了，風替我們帶來消息，我們似乎幸運地能夠看見夜空鳥的行蹤，牠們清晨到達這邊的精靈港口休息，應該還沒離開。」

一聽見可以看見夜空鳥，餐廳裡大半人都蠢蠢欲動起來，連千冬歲都露出期待的神情。

這也就是說，我們短暫的旅程即將到達終點。

我環顧著餐廳所有人，期待學長重新加入這裡的那一刻。

第六話　精靈領域

上午十一點整，戰牙幽鬼無聲無息地航入了精靈港口。

大老遠，我們在甲板上就已經看見巨大的白色港口，以及自海底長出來的兩棵白色大樹。

也不知道這樹是怎麼長的，兩棵巨木就像雙胞胎般左右對稱，乍看像是港口的天然拱門，壯大的樹身有幾十層樓高，粗壯的枝條往四面八方延展，微透明的千萬片樹葉承載著陽光隨著海風飛舞著。並未因爲大樹而讓海面與港口變得陰暗，仔細一看大樹本身竟散發著淡淡的微光，加上日照的折射，反而讓整座大港口變得更加明亮，卻又不讓人感覺刺眼。

兩樹在高空中交會編織如網的樹枝上，停立著龐大的兩道黑影。

就像喵喵描述過的一樣，那眞的是非常大的身軀，可能比大象還要大隻了，全身包覆著極黑的羽翼，服貼的羽毛隨著呼息慢慢一起一伏，隱約能看見羽翼中有星光般微弱的細小光芒。

可能是白天的關係，黑色巨鳥的光看起來並不明顯，而且牠們顯然在休息，兩個黑色身體彼此相靠依偎在一起，從下面經過的我們沒辦法看見像月亮一樣的眼睛，不過可以看見樹上非常多晴空鳥，可能不只數百隻，優雅地停立在各處，發出唱歌般的清亮鳴叫。

船隻經過門面般的白樹時，海流逐漸變得緩慢，好像輸送帶一樣，讓航行速度緩行許多。

這時候，如果夜空鳥或是晴空鳥掉了鳥大便下來，我猜應該會相當精彩。

可惜樹上並沒有掉落一滴鳥大便，反而有兩抹白色身影從天而降，沒有發出絲毫聲音，像羽毛般輕飄飄地站穩甲板上。

既然是精靈領地，掉下來的兩人，自然毫不意外也是精靈了。

銀白色長髮規矩整齊地紮束在腦後，身上穿著相同款式的白色輕甲與斗篷，就連那兩張白皙的臉也幾乎長得差不多，雖然非常漂亮，但和蝶城的精靈不同，他們一臉冰冷，還帶著淡淡的嚴肅氣息，看上去就是不好惹，還散發著些許生人不可拍打餵食的疏離感。

陪我們在外面看夜空鳥的巳隱迎了上去，將手放在胸前做了行禮般的動作，「巳隱．雪列德，來自伊多維亞城，城主潾麾下所屬銀箭武士。」

「提帝安恩斯。」

「提帝安恩萊。」

回應了名字後，其中一名精靈往前走了兩步，握著長刀將手放在胸前，冷冰冰地開口：「來自冰牙族，依沙曼羅港口守護者。此為冰牙族唯一對外開放的通道、聯繫口。伊多維亞城的弟兄，我們收到你即將到來的訊息，我族正期待三王子之子回歸，精靈王麾下武軍已在前方等候，諸位此行辛苦了，稍後將開始爲各位初步解除外來造成的威脅，請放鬆自在即可。」

放鬆什麼？

「精靈會先在港口外進行一次淨化工作，掃蕩掉大部分可能跟著我們來的惡意……術法等等。」阿斯利安拍拍我的肩膀，「畢竟戰牙幽鬼不是小船，我們船上也有各處的目標，特別是殺手，所以跟隨的惡意相當多，精靈不會喜歡把這種東西帶進陸地上。」

喔，明白了。

要先消毒過一次的意思。

哈維恩也沒有什麼動靜，就是看敵人一樣盯著走過他身邊的白色精靈，整個人很緊繃，可能精靈只要有什麼不友善的動作，他隨時都能拔刀砍人。兩名冰牙族的精靈似乎已從先行的通報知道船上的狀況，對於夜妖精的出現並沒有太大訝異，目光也沒任何動搖，掃過黑小雞的視線就和看其他人一樣，不帶有任何情緒，沒有喜好也沒有厭惡。

精靈走過我身邊時停頓了下，其中一個輕輕皺了皺眉，不過沒說什麼，就繼續往下走。

他們離開我身邊後，我突然發現船上空氣好像變得非常乾淨，有種在山頂嗅到清淨空氣的感覺，但是比那個更純更舒服，整個人開始有點鬆軟軟想要擺爛的舒爽。

「啊，他們有對象了。」

色馬遺憾的聲音打斷了我短暫的享受。

……不要在這裡給我立即鑑定啊！你就不怕精靈可以讀出你腦子有多骯髒嗎！

「沒事，精靈比較流行精神戀愛，他們還是滿乾淨的。」

閉嘴！不對，閉腦！

可惡，這個單向溝通我覺得好麻煩啊！

完全沒注意到我和色馬間的互瞪火花，兩名精靈走回到巳隱面前，剛剛說話的那個再次開口：「伊多維亞城的弟兄，你身上似乎有些小惡作劇，方才順手替你移除，並非惡意術法。」

「唉呀，我完全忘記了。」巳隱露出有點抱歉的笑意，「麻煩兩位兄弟了。這是妖精夥伴們在我出發前的小玩笑，發作不太定時，很容易遺忘呢。」

他一說，我就想起暈船的事情。

「你朋友怎麼開暈船的玩笑啊。」不過說真的，其實我也想要看學長暈船就是，他活生生就是什麼都不暈。

「雷之妖精與人類的朋友們似乎對不會暈船相當不以爲然，出發前一直希望我體會暈船的經驗，所以偷偷設下了這樣的小惡作劇，太過於細小，反而沒注意到呢。」巳隱笑著，給我們揭露他會暈船的幕後眞相。「這眞是特別的體驗，數千年來我第一次在船上無法站穩呢，有機會你們眞該試試。」

「我們會考慮。」

不，這種事情不用考慮吧。

我看著謎之思維的三個精靈。正常不會有人想要暈船，我說眞的。

大船被淨化過一輪後，海上的水速終於又開始快了起來，加速通過白色雙樹的入口。

接著就看見同樣帶著些微透明的雪白大港口。

這種雪白色微透的材質我總覺得好像在哪裡看過，有些像是燄之谷幫學長鋪的房間那種建材，但更加清透，整座港口散發著冰冷而不會讓人感到排斥的感覺。

港口空空蕩蕩的，不僅沒有任何一艘外來船隻，就連精靈族本身的船都沒見到，看來他們刻意排走所有的船，將全部港口空間都拿來迎接我們……或是說迎接他們的族人。

一支精靈軍隊整齊劃一地站在港口處，相同的打扮與白色斗篷，背後繡著同樣的精靈族印記，隔著點距離看上去眞的很像複製人大軍，連隊伍排站間隔都完美到挑剔不出瑕疵。

在那之中，我看見熟悉的女性面孔。

下意識回過頭想要看看夏碎學長，我才赫然發現船上不知道什麼時候多了很多白色精靈，像是要護送這艘船一樣已全都站定在各自的位置，因爲肅冷的氣場太強大，讓我不敢開口講話，就默默地看著船進入港口，開始停泊。

接下來幾乎都是在靜悄悄之中進行的。

港口領著軍隊的女性精靈是熟面孔，她向其他人自我介紹名爲「瑟洛芬」。我記得她，她先前代表冰牙族與學長接觸，校園出事時也曾來過，顯然夏碎學長和瑟洛芬有一定程度的認識，女精靈在看見他時神色緩和許多，甚至低聲交談了幾句，接著夏碎學長就轉向大家。

「冰牙族已開設好通道，我們直接從這邊前往中心王城。」夏碎學長勾起笑容，「『他』由瑟洛芬的軍隊保護，我們可以進入冰牙族爲我們準備好的房舍休息，冰牙族在平衡力量後會通知燄之谷來此進行最後的步驟，這可能需要好幾日。」

「既然任務是將人送到這裡，也就是說你們可以不用待那麼久。」摔倒王子掃了我們幾個一眼，把視線放在我身上，「快回學校接受保護。」

「呃……在這裡應該沒啥危險吧？我想等學長。」話說完，我就看見哈維恩翻白眼了。啊對，照理來說這裡其實很危險，對我們而言！

「喵喵也想等喔！」撲過來抱著我的手臂，喵喵眨著大眼瞅著摔倒王子，「一起等吧！」

「穩定身體到復甦還需要更多時間，不過我想你們可以多待幾日，直到兩族的人完全確定平安。」夏碎學長摸摸喵喵的頭，然後轉回瑟洛芬，兩人又低聲說了幾句話。不知道是不是我的錯覺，我總覺得瑟洛芬好像在和夏碎學長交涉，很可能其實精靈族並不是很想讓我們這一大票雜七雜八的外來者待那麼久。

總之，瑟洛芬最後還是點點頭。

接著薇莎與海上組織的人也陸續與冰牙族進行交談，確認了戰牙幽鬼暫時停泊在這個被淨空的大港口，精靈族會派人前來協助必要的修復。

「雖然好像很有意思，可是我們的行程到這邊就結束了，已經順利將你們送達冰牙族。」薇莎伸出手，與我們幾個人交握，「這次拿回戰牙要感謝大家，海上組織會在這邊讓戰牙進行主要修復，之後我們要回到據點報到，得和大家說再見了。」

「以後有機會再一起玩喔！」喵喵撲上去和薇莎抱了好一會兒，依依不捨地看著海上組織的人，「下次來學校時，喵喵帶大家去吃好吃的！」

「一言爲定喔！」薇莎咧開爽朗的笑，然後拍了一下我的肩膀，「有緣再一起旅行！」

「嗯，謝謝你們。」我眞的很感謝他們的幫忙。

薇莎靠了過來，側首在我耳邊悄聲地開口：「我們一定會再見面的，願霸虎族女神奈露圖希與海上女神守護你，如果遭受無端之罪，就進入大海，海水成爲你的盾，洋流帶領你的道路，只要你保持本心，良善生命都願意接納你。」

「謝謝。」我這次打從心底，眞的覺得那時候遇見他們太好了。

薇莎再次拍拍我的肩膀，海上組織於是在港口送離我們。

深深地看著大船，雖然最後還是不知道安地爾那傢伙到底在這船上幹過什麼，不過一路行來平安無事，就算有動手腳應該也都已經被剛剛的精靈淨化掉了吧。

至少，薇莎他們不會有任何危險。

隨後，我們在精靈軍隊的陪同下，正式進入冰牙族的領地。

※

對於精靈族的印象，估計受到我在原世界各種動漫影視裡看過的影響，我一直覺得他們是在一大堆樹之間，蓋起細緻優美的建築，過著高雅輕飄飄的生活。

大型移動術法轉移過後，出現在我們面前的白色雄壯大規模建築物讓我非常吃驚。

與燄之谷有些相似，這裡竟然也是大型的巨石建築，只是材質大多都是冰與清透的白玉石頭。雖然說是大型建築，但做工卻很精緻細膩，石頭與石頭疊合之間幾乎看不出隙縫，讓人有種這些建築物好像原本就長成這樣的感覺，每一塊白石或冰上均有不同的優美圖案、印記，或是敘事連環圖。

壯闊的城市入口前也有與港口一模一樣的兩株白色巨木，大量透白葉子折射著陽光，映襯著巨木本身的微光，灑下了點點的發亮光源，像是滿地鋪滿寶石般，非常耀眼。

仰望著大樹，看到上面有許多白色的鳥，說不出名字，隱約好像可以看見有精靈站在樹上觀察我們，他們並沒有特別隱藏身形，可是也不太容易發現。

樹後城牆內也有許多這樣的白色樹木，不過不像這種如參天般巨大，是普通樹木的大小，能夠看見白色街道上有三三兩兩的精靈走動，也是一樣雪白雪白的，一不注意他們就會和背景融合，不好找出來，有點像在玩「大家來找碴」的遊戲。

「歡迎來到冰牙族，這是我們的首都王城。」瑟洛芬開口，清冷的聲音傳來。她抬起手，周圍軍隊立刻整齊劃一地排列開來。

這時，城內也有了動靜，街道上的精靈們突然消失，空氣中直接走出披著白色斗篷的另一支軍隊，挾帶著冰涼的風，讓我不自覺拉了拉外套，果然多穿兩件是正確的，雖然有老頭公的保護，不過我還是覺得有點冷。

與瑟洛芬帶來迎接我們的軍隊有些不同，這支隊伍雖然也都是很樸素的白，卻自帶一種讓人退避三舍的氣場，好像那邊是高級領域一樣，正常人不敢隨便靠近。

菁英軍隊也像機器人一樣整齊排開，接著從裡面走出來一位臉我非常熟悉，但肢體動作與散發出來的高雅氣質完全沒見過的精靈。

與學長極爲相似的面孔被守護在軍隊中心，沒有穿著輕甲，而是穿著一襲白色衣袍，長長的銀白色頭髮在腦後束好，銀色的眼睛非常沉穩寂靜，像潭深不可測的湖水一樣沒有太多的波動。

當時我透過記憶看見的三王子雖然也是相似的面孔，但是活潑許多，一雙漂亮眼睛滿滿的朝氣與生命力，不是這種好像被長長歲月給重壓過後，已經不再看進任何事物、不受影響的寧靜沉澱。

包括瑟洛芬在內的所有精靈立即低下頭，做出行禮的姿態。

「這位是冰牙族的大王子，泰那羅恩。」瑟洛芬在得到允許後，重新抬起頭，爲我們介紹面前的精靈王族。

其實看見臉的時候我就猜應該是和三王子有血緣關係的人了，畢竟那張臉太眼熟，不過魄力也不至於太強大，估計還不是精靈王。只能說他們的基因眞的很強，父子長得一樣，連伯父也長得一樣，就不知道精靈王是不是長得一樣了。

在巳隱的帶領下，我們各自主動報上姓名，就連五色雞頭都罕見地沒有任何做怪，規規矩矩地正式介紹了自己，看來他還是有正常的禮貌觀念。

精靈王子隨著介紹慢慢看過我們每個人……明明是同樣的臉，但王子的視線感覺幾乎要穿透我的腦袋和內心，一被他看著，我立刻反射性把頭低下來。其實他在看我們時，臉上、甚至眼神都沒有任何情緒，絲毫喜愛厭惡都看不見，好像我們和路邊的石頭是一樣的東西；雖然這麼說，但王子身上還是有種無形的魄力，讓我不由得低下頭，隨後瞄到摔倒王子大概不怕這種氣場，直視著對方，完全展露另外一種妖精王子的氣勢。

正想著摔倒王子別在這種地方和地頭蛇較量起來啊，一陣冷冷的氣息直撲我的腦袋，反射性抬起頭，精靈王子竟然站在我的正前方，太過突然，把我嚇得往後退了一步，還好沒有叫出來。

「後代嗎？」大王子露出了一絲絲若有所思的表情。

慘了，該不會在燄之谷要被打一頓，來到精靈這邊也要被打一頓吧？

感覺我的人生之路眞辛苦，因爲祖先的關係都不知道要捱多少打，希望他沒有又得罪哪些可能要把我打一頓的種族……啊不對，他有，還是大半個世界的種族。

「抬起頭來。」淡淡的聲音再次傳來，我不由得把低下的頭抬起，與那雙冰一般的眼睛對視。感覺其實很奇怪，而且我也很想回避，這種眼神實在讓人不敢直視，有種不怒自威的魄力。「在冰牙族，你可以抬起頭走路。歷史之事，由主神安排，冰牙族對命運毫無怨恨。」

我看學長每次在揍我都飽含他的怨恨啊……

在我回想著學長各種暴力行爲同時，大王子已走往下一個人，應該說下一匹馬，仔細凝視著因爲太過於震驚，反而什麼垃圾話都沒出現在我腦袋裡的獨角獸。

不得不說一下這色馬，我本來以爲他在精靈的包圍中會直接七孔噴血，然後明年的今天就是他的忌日。然而沒有，一滴血都沒有掉下來，只是整隻馬都傻掉了，剛剛走路還有點僵硬，好像是靠著本能移動似地。

「出自孤島的獨角獸，近年著實罕見，閣下應該經歷了相當漫長的時間。非常感謝您協助帶領我等精靈弟兄回歸冰牙族，冰牙族會將這份恩情放在心上，隨時歡迎您的到訪。」

大王子帶著敬語的這番話讓我有點訝異，一看色馬，已經不是驚訝了，而是整隻馬驚嚇到往後跳，原本痴呆掉的眼神變得有些警戒。

爲什麼？

我搞不懂色馬突然警戒大王子的用意。

「活得過於久遠，能知曉的事物就會比起他人更多，冰牙族的貴客，不用戒備我們，我們不會在此與你爲敵。」大王子仍維持著原本清冷的態度，並沒有因爲色馬的反應而有所波動，「沉淪的孤島之事雖然幾乎不被世人所知，但有一定程度在精靈當中流傳，精靈爲不幸哀悼與祝禱，祈願亡靈回歸安息之地，重塑時間之身。」

「……眞讓人發毛啊，精靈王子。」色馬忌憚的聲音傳來，和平常的無賴不同。

不過反正你本來全身就都是毛了，沒差。

「最不想要的老婆候選就是這種，把你家底細摸個一清二楚，連私房錢都會從門縫裡面被掏出來。」

「……」

你也娶不到這種老婆好嗎。

※

大王子短暫交談結束後，軍隊重新列隊，讓所有人往城內移動。

與皺之谷的活力不同，這裡非常寧靜，應該說極度安靜，雖然有看見街道上不少精靈在活動，但一點聲音都沒有，我們兩側的精靈軍走路也跟鬼一樣，反而是我們幾個人行走的聲音還比較大，引起了不少精靈的好奇，可以看見不時有路過精靈對我們投來好奇的目光。

早先精靈已經準備好了白色的馬車，雖說是馬車，但拉車的是兩隻白色大鳥，光看就知道王子的移動方式和我們不一樣。果然學長很快也被一起送進車廂裡，與大王子一起被保護得好好的，直接在我們面前關上車門，然後飛走了。

其實我本來以爲他們會用傳送陣法直接離開。

王子一走，軍隊也幾乎散掉大半。

瑟洛芬解釋了城內不會有任何危險之後，也讓自己手下軍隊解散，各自回到崗位上，很快地就只剩下我們幾個和瑟洛芬與她留下的四名護衛，感覺有點寂寞。

「安置小王子需要一些時間，我認爲你們會希望能在城內逛逛，精靈王暫時無法見客，失禮了。」瑟洛芬淡淡說著。看我們好像沒特別反應，想了想，轉頭往旁邊的一幢白色小房屋招招手，那裡隨即冒出名看起來約十五、六歲的少女，紮著銀白色長長的辮子，小臉雖然白皙但有些透紅，穿著簡便的衣袍，露出手臂與雙腿，讓她看上去活潑不少。「溪兒，能爲我招待這幾位冰牙族的貴客嗎？」

「好呀！」

少女彷彿接到了期待的任務，立刻從小屋裡蹦出來，也是一點聲音都沒有，直接落在我們面前，銀色的劉海飄了飄，她眨眨漂亮的藍色眼睛，帶著友善的笑意開口：「諸位安好，我是瑪蕾雅．溪兒，吾父爲大戰士瓦伊里巴伊，很榮幸認識你們。」

精靈少女講話的口吻果然比較年輕，而且很快就和喵喵對上眼，兩人相視一笑，估計在那瞬間成了好姊妹。

有時候我覺得喵喵的天線電波眞的很容易吸引同年齡的少女、或是漂亮的大姊姊，瞬間就可以混熟成好朋友，簡直是種特技。

「溪兒爲年輕一輩的末百精靈，應與諸位思維相當，或許你們會覺得在遊覽上比較愉快些。」瑟洛芬揮揮手，也遣散了剩下的護衛。

看來在她眼中我們就和這樣的精靈小孩差不多啊，除了旁邊的巳隱以外。

已經和喵喵混熟，兩名少女手牽著手，溪兒很熱絡地和喵喵聊了起來，「這裡平常很少有外人的呀，和我同齡的人更少了，好高興你們來到冰牙族，我帶你們去看看三王子最愛的大樹，還有大祭司的預言書……軍隊練武場你們一定也想看，還有星之謠、花舞、冰塵……夜空鳥你們一定也很喜歡，幼鳥最近剛出生了，很可愛的！」

「喵喵想看！好想看！」被說得也開始興奮起來，喵喵連連點頭。

「你們一定要住一段時間，有很多很多你們會喜歡的。」說著，溪兒暫先放開喵喵的手，接著像風一樣奔進屋內，再跑出來時身上已經多添一件連身衣袍，讓她看起來優雅許多。除了換上衣服，她手中也多了好幾個白色的小木罐，接著給全部人各發一個，「這是普普果的果汁，你們肯定也餓了吧。首先，我帶大家去好好地填飽肚子，接著就可以開始逛街啦！」

瑟洛芬似乎完全把導覽的工作交給少女，對安排沒有什麼意見。倒是一旁的巳隱走出來，微笑著開口：「雖然相當有意思，不過是否能原諒我暫先離開隊伍的失禮呢？我希望代表伊多維亞城拜訪一些必要之處，隨後再跟上各位。」

看來蝶城的精靈還有其他任務，瑟洛芬換個語言，回答了巳隱幾個我們聽不懂的問題，兩人的交談飛快，很快就談完了。

「這是夜妖精嗎？」

在我們這邊，溪兒已經繞到哈維恩面前，很好奇地看著黑小雞的深色皮膚，「第一次看見呢，眞的如同夜一樣的美麗。」

「美麗？」哈維恩冷笑了聲。

溪兒點點頭，「是的，仿若夜中的黑暗，既美麗，又危險。」

「確實對你們來說，應該就是危險。」黑小雞回答得很不友善。

碰壁的精靈少女並沒有改變微笑，輕柔甜美的嗓音從她漂亮的嘴唇中逸出，「但是我不害怕呀。如果你收起你的敵意，我維持我的善意，我想，我們能夠成爲很好的朋友；這與種族無關，只在於我們的心能不能對彼此開放。」

少女的溫暖笑容太過燦爛。

有那麼一瞬間，我恍惚地將她與當年三王子的笑容交互重疊。

看得我，眼眶發熱。

那時候，凡斯一定也是回應了這般的精靈笑容吧。

※

溪兒帶著我們，直接穿過了兩條白色巷道，然後在一幢半冰半白玉石大屋前舉手敲了敲冰塊大門。

我本來以爲會去餐廳之類的地方，但這裡怎麼看怎麼像民宅，別說招牌了，代表這裡可以吃飯的記號都沒有。

很快便有人來應門，打開門後，出現在我們面前的是一名黑髮的精靈女子，看上去約二十多歲的樣子，有著一雙深褐色的透徹眼珠與白皙的皮膚，不像銀白色那種輕飄飄，反而比較像已隱這樣存在感較爲強烈，穿著的也是有顏色的袍子。

「伶伶兒，能夠幫我們做一頓美味的餐點嗎，這裡有人類、妖精、夜妖精與獸王族，還有幻獸喔！」溪兒說完後，才轉過來幫我們介紹，「這位是伶伶兒，非常擅長製作各種族的特色料理，你們一定會喜歡的。」

精靈女子朝我們優雅一笑，「我已經從大氣精靈的歌聲中聽聞各位的來訪，很榮幸能招待諸位，我是伶伶兒依薩，冰牙精靈與雷之妖精的後裔，吾父爲大戰士托泰亞．雷盾，希望各位能放鬆心情，盡情享用這裡的一切。」

「雷之妖精有雷盾這一個分系嗎？」摔倒王子盯著女性，有些疑惑地皺起眉。

「托泰亞是冰牙族的精靈戰士，雷盾爲讚稱，托泰亞曾在雷電山谷以己身擋下震天狂雷，拯救了一批無知的冒險團。」瑟洛芬開口，雖然這次說的句子有比較長，不過還是一點溫度都沒有。

「是的，據說父親因爲這個名字而認識了母親，兩人在主神的引導下擁有了彼此，雖然結局令人遺憾，但他們必定被主神所擁抱，沉眠在安穩的懷中。」伶伶兒的笑容很乾淨，單純得沒有挾帶一絲怨氣，說起父母，連深色的雙眼都抹上溫暖。「請各位先進來吧，我這就去準備。溪兒，妳先招待客人們，很快便能上菜。」

所以說，這裡果然不是餐廳，是真的民居啊！

原來精靈族可以這樣敲門直接去別人家裡蹭飯的嗎？

溪兒領著我們穿過白色玉石的走廊，接著來到飯廳，是很家居的布置，雖然依然是白色調，不過這裡放了不少帶著色彩的桌椅，木製的刻花餐桌與五、六張雕花椅子，看起來很典雅。溪兒又去拉了幾張備用的椅子出來，正好可以讓大家在桌邊坐下。

「待會兒我先領諸位在外圍城市走走，雖然後期才建造，不過外來客人到訪時，還是相當喜歡此處的風景。」溪兒邊說著話時，佮佮兒果然動作飛快地已端出了第一波食物，有很大一部分是蔬菜水果，然後一杯一杯的透明果凍，中間有著雪白色嬌小的花瓣，看著很可愛。

「這裡是後期的建築？」我接過佮佮兒分給大家的小木碗，然後看著溪兒。不管怎麼看，這座城市都很古老吧？感覺不像現代的建築啊？精靈有這麼閒還把後期建築蓋得這麼細緻壯麗嗎？

「是的，這都是近幾百年裡建出，原先冰牙族並非如此。」溪兒嚼著白色葉子，說道：「原先的冰牙族是以巨冰、雪石與我們深愛的晨星樹，倚靠著聖山建造，那時候比較類似其他精靈族的樣子——諸位應該在心中都有自己描繪的精靈住所外觀。後來，因冰牙族必須退隱世界，除了經常大遷移以外，大家平日便是吟著詩歌，雕琢著巨冰和雪石，因爲數量太多，所以拿來作爲建材，慢慢就開始成爲諸位眼前所見的樣子了。」

……還眞的是很閒蓋出來的嗎！

你們很閒就把外圍的空地蓋出像古文明一樣的城市是什麼邏輯？

「由此地出發，半天時間便可到達冰牙族中心——精靈聖山，屆時各位就能看見冰牙族眞正的樣子。」溪兒停頓了下，再次開口：「冰牙族的族人，可任意選擇自己的歸處，大部分的人還是很喜歡住在聖山邊，但我喜歡這裡，此地經常能見到外來的訪客，而訪客必須要得到允許才能接近聖山，所以在聖山居所很難得能看見外來種族，無法交流更多訊息。」

簡單地說，就是那邊才是核心吧，這裡比較類似之前燄之谷的外圍村莊。不過冰牙族顯然沒那麼麻煩，又或者是他們有絕對把握可以驅離入侵者，無須防備太多。

「可惜這些年訪客已經越來越少了，冰牙族每隔一段時間的遷移，逐漸讓外來種族無法再找尋到我們。」溪兒聳聳肩。雖然是那樣說，但她的表情卻不太遺憾，「不過一切都爲主神的指引，就如同祂今日將我們掛記的王子送回，眞是令人感到非常地高興啊。」

或許是溪兒比較年輕，她看起來對於外界的人事物都很好奇，相較於一旁寂靜無聲的瑟洛芬，後者面無表情，對於少女提及外來種族的事情似乎不關心也不在意。

因爲已開始用餐，說話有點失禮，所以溪兒收起了前菜的話題，在伶伶兒端上熱騰騰的濃湯與飯菜時，大家開始努力地進攻起食物。

本來以爲一桌花花草草的素食會吃得很乾，不過入口後，我第一個感想是精靈族不愧是精靈族，花花草草居然也能異常美味。有幾道菜估計是伶伶兒配合大家特別調味，部分吃起來很有肉味和口感，不知道怎麼做到的，讓旁邊的五色雞頭吃得超開心，連個廢話都沒有吐出來。

不過在進入精靈族以後他還眞沒什麼話就是。

菜餚上得差不多後，伶伶兒也加入用餐的行列，一頓飯就在這種美味的愉快時間裡面度過，直到甜點飲料都上桌之後，我才驚覺這可能是我最近吃得最多的一餐。

不是說船上的供餐不好，船上的飯菜也很好吃，只是每次都吃飽閃人，今天在這裡則是整個放開了大吃大喝，還有點意猶未盡。

吃飽之後，整個人先是神清氣爽，接著有點懶洋洋了起來。

突然好想睡……

打了個小小的哈欠，我才發現其他人臉上似乎也出現了睏意，連夏碎學長和摔倒王子臉上好像都抹上了一絲倦意。

「看來諸位都相當疲憊呢。」伶伶兒帶著微笑的話語淡淡傳來，然後她從自己的位子上站起身，儀態優雅如畫，「外來的訪客經常如此，諸位勉強自己過久並非好事，不論是身體或者心靈，都該適時休養爲佳。」

伶伶兒的聲音逐漸模糊了起來，我好像看見千冬歲也打了哈欠，五色雞頭更是整個歪過頭快要睡著了。

「你們哪，哪裡都去不了了呢……」

意識消失之際，我想到的只有一件事情。

精靈應該不會吃人吧？

第七話　暗夜刺客

從黑暗中慢慢清醒，我先感覺到的是身體暖洋洋的，非常舒服，好像有了好長一段休息，那些旅程上的緊繃全部被放鬆，舒服得不得了，睜開眼睛當下心情相當相當地好，連個惡夢幻影都沒有出現，真是太好睡了。

恢復意識後，看見的是溫柔不刺眼的光線，暖白色的牆壁與上頭淺淺的繪圖刻印，大部分都是花草，雕琢得很美。

我身上蓋了一件白色的布，暖洋洋的舒適感就是這塊布傳來的。一摸布料十分柔軟，多搓幾下便捨不得放開手了。

空白的腦袋過了好幾秒才想起來昏睡之前發生了什麼事情。

我們吃了伶伶兒一頓飯後，大概集體陣亡了，但是我搞不懂伶伶兒的用意，難道飯菜裡面有毒嗎？精靈會這樣暗算人？

被暗算完感覺還滿舒服的？

「學弟，醒了嗎？」

我坐起身，看見自己是在一張白木床鋪上，旁邊的阿斯利安看著我，笑了下，「精靈有時候眞的會讓人很意外。」

「發生什麼事了？」我注意到對面還有兩張床，好補學弟捲著一樣的白布睡得跟死豬一樣，另一張上是黑小雞，同樣睡得很沉，我完全沒看過他這種毫無防備的深眠，通常一有動靜他立刻就會跳起來，好像根本沒睡過。

「我想應該是飯菜的問題。」阿斯利安站起身，稍微伸展了四肢，「眞是讓精靈族給嚇了一大跳，沒想到隨便一位精靈都能讓我們卸下絕對防備，令人吃驚。」

「才不是隨便一位呢。」溪兒的聲音從房外傳來，接著是房門被打開的聲響，少女拿著一個銀色的水瓶走進，「伶伶兒在外界曾是相當有名的食療師，只是她隨著冰牙族遷移，已被歷史遺忘。幾位睡得如此熟，便是因爲身心疲勞所致，這是身心急須妥善休息的訊息，看來諸位許久沒有善待自己。」

「都說過要大家好好休息的。」喵喵跟在後頭蹦了進來，和溪兒同出一氣，「你們差不多睡了八小時喔，喵喵可是小睡一下就醒了。平常喵喵的話都不聽不聽，看你們睡這麼久就知道都沒有聽喵喵的話好好放鬆休息。」

看來醫療班對於自己的調適還是很優秀。

「身體疲憊，小歇一下便不礙事，像如此深眠的，都是心的疲憊。」溪兒環顧我們，視線稍微在黑小雞身上停了幾秒，又轉回來。她就這麼拿著水壺走到一邊的小桌，拿出幾個透明杯子倒出白色的精靈飲料，「每回兒來到這裡的訪客，都是深眠者比淺睡者還多，伶伶兒說那是太多人想把千百年的事情在一夕擔憂完畢，試圖扛著山般的重責不分攤給其他人，所以才會如此迅速倒下。雖然她能稍微修復些許的勞損，但想必幾位很快又會充滿疲勞吧。」

確實，我們都有各自的問題，不光我有黑色種族的隱憂，大家也都有心底的一份重擔，只是他們更擅長用自己的強大來遮掩虛弱而已。

這麼說起來，伶伶兒做的其實和山王莊很相似。

離開學院前去過的地方，現在感覺也有點久了，回學校以後再去看看吧。

接過精靈飲料，我小心翼翼地喝著，感覺和學院裡的似乎不太一樣，這裡的更加清爽順口，喝下去後嘴裡還帶著一絲絲甘甜，胃部起了一種暖暖的感覺，讓本來就很舒服的身體變得更加鬆軟一點。

我不得不說，在精靈族待久，很可能，會懶。

整個人都這樣舒舒服服度日的話，真的會很想發懶。

「應該還有幾位需要點時間，我們趁著客人們安睡的空閒中替你們製作了些服飾，希望幾位會喜歡。」說著，溪兒還眞的從空氣中取出一大疊衣物。

雖然還是以白色爲基底，不過我展開放到我手上的衣服，柔軟的布料上有著花紋與配色，看起來不像其他精靈那樣一整片的素，款式也和我們各自原本穿的衣服風格比較接近，只是優雅了不少，有種高級的感覺。

我又多搓了幾下布料，發現和床上的白布其實是同一種材質，摸著很舒服，還有微微的溫度，讓我心中暗暗驚訝。

「其他人應該也差不多要醒了，現在有些晚，不過我們能去聽聽星謠吟唱，見見夜空鳥的孩子們，瑟洛芬先行回族內稟報狀況，明日我們就能去正式會見泰那羅恩王子與其他人了。」溪兒挽著喵喵的手，「快點換好衣物，先下來吃飯吧。」

是說，我終於發現好像哪裡怪怪的了。

精靈少女講話的方式和我認知的精靈有點不太一樣，非常地口語，沒有含帶那些星星月亮的裝飾句。

平常就算是賽塔在說話，也都會加點東西。

「怎麼了嗎？」溪兒看著我，露出微笑。

「現在精靈們講話都比較簡略了嗎？」被她盯著，我也不由得問出這個其實有點沒禮貌的疑問。

「不，並非如此。」精靈少女露出純淨美麗又優雅的笑容，「因為說得過於清楚，你們聽不懂呀。」

……

……

你們也知道喔！

※

黑小雞是在十五分鐘後清醒，被塞到另一間的摔倒王子也差不多時間睜開眼睛，兩人一醒都露出很震驚的表情，大概就是「我怎麼可能會在這種地方被完全放倒」的經典震撼。站在一邊最佳角度的我正好用手機把他們的表情給拍下來，幸好當時他們兩個無暇發現我的動作，沒被摔手機。

摔倒王子還好，畢竟是混公會的，很快便理解了精靈族的食物隱含著友善睡眠危機；看起來比較驚嚇的是黑小雞，他一臉對於自己竟然在白色種族裡無防備地全然睡死感到很不可置信，除了差點對我下跪道歉以外，他連精靈飲料都不喝一口，這讓我開始擔心他會不會接下來在冰牙族這段期間絕食，直到走出精靈領地爲止。

「不用擔心，如果吃不慣精靈食物，我們身上都有備用糧食，大家的收集起來應可以讓哈維恩使用，至少足夠支撐大半年。」聽了我的煩惱後，夏碎學長很親切地立刻提出解決方案，接著幫我向千冬歲等人收集乾糧，把一大堆食物交給了表情複雜的黑小雞。

雖然如此，黑小雞也沒有推拒，老老實實地向大家道謝，這事情才算是有個結束。

等到所有人完全清醒也換過衣服——除了黑小雞死都不想換白色種族的衣服，伶伶兒又替大家做了一頓美味的晚餐，這次就沒有吃完倒下，讓大家神清氣爽地跟著溪兒出門了。

夜間的冰牙族街道上閃爍著點點淡淡銀色光芒，不會很刺眼，從那些白石裡綻出，投射在冰磚上，讓整條街道雖然沒有點上燈火，卻相當明亮，還呈現像是走進異世界的奇幻感覺……

我在說什麼，這裡本來就是異世界啊……

總之，這條銀色街道在夜晚裡，給人彷彿走在星河上的感覺，雖然抬頭仰望，清澈的藍黑色天空已是滿布星子。

才剛走出街道沒多久，我們便隱約聽到一陣歌聲，像是在吟唱歌謠般，輕輕淡淡的，乍聽之下有種迷幻感，不過很快就能辨識出歌謠是對句形式，一處唱完另一處就會跟著響起歌聲並銜接下去，如此來來回回編織成傳遍整座城鎮的歌唱。

不過吟唱的是精靈語，所以完全聽不懂。

「這是外人俗稱的『星謠』，每個晚上我們皆會討論星象與預測，從繁星中能夠了解世上所發生的事情，主神指引一切，讓我們見證歷史輪迴，萬物隱喻。」溪兒微微側著首，聆聽了片刻之後抬起頭微笑，「今天熱烈的討論是我們回歸的小王子呢，大家正在述說著天空上所帶來的祝福，以及未來的命運。」

「會有什麼命運呢？」夏碎學長看著少女，問道。

「歌謠還未有定論，命運不斷更迭，歷史從來無絕對，我們編織傳唱星降之言，然世間萬事永遠都可轉圜，未定之數必有未定之解，易死之人亦有存活之路。重點並不在於已定，而是在未定。」溪兒說完，停頓了下，有些抱歉地開口：「不自覺想認眞地說話……」

「這程度我們能聽懂。」哈維恩嘖了聲，「少瞧不起人。」

溪兒鬆了口氣，很開心地說：「唉呀，那太好了，我眞有些忍不住呢。來自沉默森林的夜之訪客，在今夜萬星照耀、白鹿星百年一次綻放光彩之時，吹拂冰牙族的風也爲此景與客人到來有所雀躍，雖然吾等在此生無法成爲同一陣線的手足弟兄，然星辰的垂愛並未將生命分離，我等皆在星光下接飲同樣的水，聽見落星歌謠。指向東方的緋光星映射了預兆，在第一片彌秋葉初展時刻，聖山光輝即將……」

「對不起，這是我的錯，簡略說話吧。」黑小雞難得表露歉意，還非常地誠懇。

叫你找死啊，再叫一個精靈認真說話啊！

「在星語之中，我們傾聽了關於未來的言語，星辰們述說著我們鍾愛的王子無法脫離黑暗，即使重新甦醒，也必將與黑暗同行。」溪兒從善如流地說起重點，不知道是有意還無意，說話的同時往我看了眼，很快便收回視線，接著繼續：「但這並非厄運，猶如冰與火雖然相逆，卻能有平衡之點。黑與白，暗與光，夜與晝，存在於其中的交點不會消失，指引的道路也不會偏移，只要能堅定不移，縱使布滿險惡和荊棘，最終還是會扭轉命運。」

我看著街道上，隱約的精靈身影在白樹當中，建築物上也有零零散散或站或坐著，那些歌謠沒有中斷，像是接龍似地繼續傳唱。

黑暗指的是什麼，我自己心裡有底，對白色種族來說，與黑暗同行終歸是危險的，如果有一天真的造成危害，我是不是應該真的得做好某些準備？

聽著歌，我有點發怔。

到那時候……

還沒在心底想出個什麼，我突然發現好像有什麼亮亮的東西靠過來。

仔細一看，是幾個素白袍子的精靈從樹上落下，居然往我們這邊走，輕飄飄的衣飾隨著精靈們的移動優雅搖晃，銀白色的長髮綴著光點，不喜不怒的清澈眼睛毫不遮掩地直視著我們，五名精靈就這麼一路走到我們面前，帶著清冷的淡香。

「你們傷得很重。」其中一名開口說出我們能聽懂的話語，聲音很美，不高不低，中性的嗓音。精靈抬起手，白皙的手指從袖袍中露出，摸上阿斯利安的臉頰，「年輕的孩子們，雖然無法治癒，但能替你們祝福。」

我看見精靈的手出現微光，幾名精靈紛紛舉起自己的手摸了摸阿斯利安的臉，然後轉向夏碎學長，就這樣一個個摸過去，連我都被東摸西摸了一會兒。除了強烈表達不願意的黑小雞被友善地跳過以外，就連五色雞頭都被一視同仁地關愛了，接著精靈很快又散去，跑回樹上去吟唱歌謠。

與燄之谷的風格幾乎完全相反，這裡的精靈對我們還眞好，好到有點可怕了，很像是會被餵肥然後隨時吃掉的感覺。

不過被摸一摸好像好了許多，剛剛那些煩躁擔心倒減少了。

所以說，這裡眞的會讓人放懶，很適合養老。

如果可以在世界上選擇一個養老的地點，我第一名肯定是投票給精靈族。

「好了，那麼諸位就隨我一起來吧，在傾聽星謠同時，我們可以邊走到……」

溪兒的話還沒說完，突然一個巨響在空中爆開，原本吟唱的歌謠霎時停止，街道上的光也轉瞬間暗淡下來。

眨眼間，我看見建築物的最高點上猛地出現大量精靈武士，全都披著白色披風與輕甲，整齊劃一地排出複製人陣勢。

原本有著萬千星子的天空像被人撕開了一道傷痕，巨響就是從那處傳來，轟隆隆的聲響過後，是某種生物的低低咆哮聲慢慢從裂口裡傳開，黑紅色的血液像雨般滴落。

類似的畫面我曾看過兩次，一次是學院出現鬼王，另一次是陰影差點毀滅世界，沒想到在冰牙族竟然會發生第三次。

深深的黑色毒氣從血口中噴出，慢慢染黑天空。

那是鬼王級的襲擊。

「溪兒，帶客人到安全處。」

白色身影瞬閃出現在大家面前，仔細一看是瑟洛芬，她表情冰冷，其實沒有改變太多，似乎對於入侵者不是很在意。

「啥！本大爺可以戰鬥！」憋了一整天的五色雞頭終於暴跳起來，「逃避不是大爺的風格，保命不是大爺的需求，江湖有刀正面接，本大爺才不躲！」

溪兒明顯愣了下，大概沒反應過來五色雞頭的語意。

要說能和精靈族長串話語對抗的，八成只有五色雞頭東拼西湊的垃圾話吧。

「如果需要幫助……」

「冰牙不需任何幫助。」瑟洛芬打斷了阿斯利安的話，淡漠回應：「精靈武族從來不需要幫助，你們只要在安全處旁觀一切即可。」

五色雞頭還想要蹦跳，我連忙扯了他一下，不過他在精靈族真的很安分，總之咕噥了幾句就安靜下來了，跟著大家一起乖乖接受溪兒的指引，尾隨著精靈少女到安全處。

雖然說是「安全處」，但我怎麼看都不覺得很安全。

首先，她帶我們去的是一座很像古廟的建築，然後用陣法轉移至十幾層樓之後走出像是空中花園的地方，四周全是白色或透明的花草樹木，裡面有許多小幻獸穿梭，色馬一到點就跑去追逐那些小幻獸小蝴蝶什麼鬼的，過了好一會兒才又跑回來。

在這個完全不像安全點的地方可以很清楚看見遍布街道上方的精靈軍隊，再一次強調真的很像複製人大軍，他們連散布的位置都排列得超級整齊，簡直像用尺精準量出來……我打賭精靈如果去跳要排出各種字體的那種舞蹈表演，一定會萬年冠軍。

說什麼精靈族，其實是機器人大軍吧。

「這裡有桌椅，可以挑選你們喜歡的。」溪兒介紹著花園裡的透明桌椅——不是要開戰了嗎！這好像要看露天電影一樣的錯覺是怎麼回事！精靈少女甚至還補上一句，「這裡面的水果都能盡情享用，我想客人們應該對於冰牙武軍的戰鬥方式很好奇，既然有如此難得的機會，就在主神的指引下一起觀看吧。」

還眞的是露天電影院啊喂！

說好的驚悚畫面還有緊張氣氛呢！

看著天空越來越大的血口，擴散出的黑暗逐漸飛出大量黑色小蟲，希望是我的錯覺，那些蟲子好像有導航一樣，竟然全都朝我們這個方向俯衝過來。

對於上方的威脅，精靈複製軍團似乎不怎麼在意，動也不動，連法陣都沒出現。蟲子在要往下降時，很明顯撞到什麼，數不清的小蟲竟然就在高空中變成一塊一塊的冰，眨眼冰封粉碎，而且是碎得不能再碎，風一吹便消失得乾乾淨淨。

「冰牙族的大結界由精靈王與眾王族連結支撐，即使是魔王也不見得能夠穿透。」溪兒和我們一起看著第二批蟲又被粉碎吹走，對於邪惡也沒放在眼中，與其他精靈一樣，「據說千年以來經常有黑暗刺客想要襲擊我們冰牙精靈，但從未有惡意能戰勝精靈王，直到他們再也不派出弱小的影子，而改由王者前來挑戰。」

簡單地說，因爲千年來你們常常解決掉別人「弱小的刺客」，以至於現在來攻擊冰牙族的只有「巨大的刺客」，像是現在出現的這種鬼王等級的吧？

你們這樣不給人面子，哪天會邪神降臨的啊！

搞不好今天來的就是個邪神啊！

肯定會把邪神給激出來的！

天空再次發出咆哮聲，這次從血口裡慢慢伸出了半片巨大蒼白的手掌，上頭有七隻手指，尖銳的指甲上布滿黑紫色血絲，一顆顆紅色眼睛在上頭張開，骨碌碌地全轉向下方，凶狠的視線立刻壓下來。

不過這也只有短短瞬間，那種恐怖的魄力很快就被驅散，精靈歌謠再次響起，這次不是先前那種輕柔舒服的聲音，而是帶著些微肅冷，讓人精神爲之一凜，不再懼畏。

「唉呀。」溪兒輕呼了一聲，「這是……吐魯蘇邪神。」

我抓著旁邊的透明大樹，直接把腦袋往樹幹上一撞。

我閉腦了！對不起！

叮噹的鈴聲在歌唱中緩緩響起。

不知道是誰、在哪個方向，搖動了某種鈴聲，非常清脆悅耳，而且還帶有一點音律。接著是另一道較爲朦朧的鈴聲響起，竟然就這樣緩緩結合出簡單的曲調，加上歌聲，冰牙城鎮上開始飄下雪花。

氣溫漸漸降低。

邪神伸出的手指上，很明顯也覆上一層冰霜，這讓邪神超級不愉快，黑色的火焰噴了出來，融掉之後，覆蓋的冰竟然變得更多，而且凍結速度異常快，瞬間已爬進了裂口裡，往未知處繼續凝結。

與此同時，那些散出的毒氣也被大小冰粒包裹，細冰染出銀光，散開之後整片天空的黑暗已完全被淨化，又逐漸露出星河點點的景象。

你必須……

天空裡的咆哮再次傳來，我腦袋突然一痛，像有某種低沉的語言傳進來。

很深沉，非常深沉。

一開始我還以爲是我撞樹撞太大力出現的幻聽。

不過很快就發現那個聲音轉成我可以理解的字句，絕對不是一般幻聽可以幻出來的。

你必須……選擇……我們……世界……成爲利刃……殺……

斷斷續續的話語有點聽不太清楚，不過殘字片語大概可以組出來，又是一個要我去毀滅世界的勸說吧。

爲我所用……

「滾。」

黑小雞陰冷的聲音從我腦袋上方傳來，一開始我還以爲他是叫我滾，正要滾去旁邊時，黑小雞右手按著我的頭頂，我的腦袋上又刺痛了下，有啥東西整個咻的聲消失無蹤。

「黑暗通常會招引黑暗，不用去聽。」哈維恩冷哼了聲，「都是廢話。」

嗯，我也覺得是，而且不用猜都可以知道內容，十個邪惡種族裡有十個都要我去毀滅世界，我都已經懶得說我毀滅世界會有什麼後果了，前提是還要能活著毀掉。

「你不會被影響嗎？」既然黑暗會吸引黑暗，我覺得黑小雞應該也有接收到電波吧。

「我就是聽見了才來趕的。」黑小雞給了我一記白眼。

「詳細說什麼你有聽清楚嗎？」我這邊有比較多保護法術，干擾狀況八成很嚴重才會斷斷續續。

哈維恩嘖了聲。

「祂說祂是吐魯蘇眞神，萬物皆崇拜敬愛祂，人們心甘情願爲祂獻祭上新鮮的血液和純淨的童男女，祂是世界的眞神，你必須敬如生父，你必須選擇正確的道路，我們爲世界正宗，驅逐毀壞世界一切的白色種族，黑暗才是渾沌給予的眞實，黑暗的子民們終將成爲淨化世界的利刃，殺除一切阻礙，凡我黑之種族，都該爲我所用，反轉世界，眞正讓神降臨。」黑小雞把完整訊息直接默背出來給我。

我聽完其實只有一個感想，「中二神。」

「不過力量確實非常強大。」觀望著上方的夏碎學長勾起唇，「邪神並不是那麼好對付的，即使公會黑袍出動也難免會有死傷，只是精靈王的力量更高一層，才會看起來如同小丑般無力。」

嗯……難怪精靈族會是這種反應，整個當成看戲等級的娛樂消遣。

「即使吾王關閉守護結界，我們冰牙族也不會敗，冰牙族爲不破之地。」溪兒笑吟吟地走過來，看來已經把我們的小聲對話聽得一清二楚，「冰牙族從不屈敗，縱然闇眼長眠，也會令邪惡消抹殆盡。」

「相信冰牙族必有這番實力。」夏碎學長點點頭，並不懷疑精靈少女的說法。

其實我也不懷疑啦，千年前一個三王子就有本事帶人起頭組織聯合軍隊對抗鬼王，那麼一整個冰牙族傾巢而出對付一個邪神，顯然輕而易舉。

只是我不明白的是，既然冰牙族這麼強，爲什麼當年只有三王子出面反抗？

說不定當時只要精靈王出手，其實死傷不會這麼慘重。

難道這也是那啥啥主神的指示嗎？

還眞難讓人接受啊。

話又說回來，這個邪神怎麼會挑在這個時間來襲擊？明知道冰牙族戒備森嚴，正常思考應該會挑一個戒備可能鬆散的日子吧。別說是因爲王子回歸，王子回歸肯定護衛更上一層啊，找死才挑這時候。

而且，燄之谷的人似乎也往這裡來了，誰會失智地一次槓上兩個戰鬥種族。

嗯……好吧可能還是有人會腦袋不清楚。

就在短暫交談的時間裡，上面的裂口幾乎完全被冰封，冰面上開始轉出銀藍色的法陣，緩緩將邪神的手指給逼了回去。

看來精靈還是比較主張不隨意開殺，連邪神都放過一馬。

這時候如果是學長搞不好就撲上去直接宰掉了，果然混有獸性的血統比較不一樣。

上方的事情似乎差不多就此能告一段落。

至少這時候我還是這麼認爲。

「你們啊，過了千年還是這麼天眞，所謂精靈不破之地，只是從來沒有被人闖破過吧。」

熟悉又讓人覺得很靠杯的聲音響起，我周圍的人全部都有了動作。

黑小雞是第一個擋到我身前，還不忘把好補學弟也往背後塞過來，接著是五色雞頭、喵喵和千冬歲、萊恩擋在我們面前，接著是阿斯利安與夏碎學長，而摔倒王子則擋在他們前面。

大量白影眨眼間在我們前方形成一道精靈壁障，帶著冰冷寒光的長刀整齊劃一揮出，直指不知怎麼出現在冰牙族、還摸到我們身邊的鬼族。

眞的……我都無力吐槽了，深深的……孽緣啊。

比起上面的邪神，這個還更加讓人討厭。

不知道從哪裡摸進來的安地爾帶著一貫的邪笑，慢慢脫去身上的白色斗篷，看起來似乎是僞裝成某個倒楣的精靈武士混進來。

眞正的精靈本人發生什麼事情，估計也不言而喻了。

我在心中爲那個不知名的精靈唸了下阿彌陀佛，希望他有順利回到他們主神的旁邊。

現在問題是，這混帳跑進來多久了？

「好久不見了，褚冥漾，看來你也越變越有趣了，夜妖精都臣服在你手下，哪天有意的話，我們倒是可以久違地坐下來談談。」安地爾好像很熟一樣衝著我笑笑，又是那種要約咖啡的可惡語氣，甚至完全不認爲自己在精靈族中會被剁成肉醬，一派休閒得好像是從他家剛走到咖啡店，比誰都還要從容。「如何，這段時間以來的旅行，你應該也看見更多，知道得更多。雖然很想試試你的成長，不過，今天的目的不是這些。」

「沒，剛好送你一句，也沒有那天。」這渾蛋老是詛咒他都沒效，怎麼妖師的力量不能拿來讓鬼族吃飯塞牙、上廁所沒紙，吃泡麵沒有調味料，走在路上還會被掉下來的牆磚打到！我都那麼誠心誠意在咒他天天倒楣了！

「我今天來，不是要找麻煩，把泰那羅恩叫出來。」安地爾收回目光，冷淡地看著精靈軍帶頭的瑟洛芬，完全沒有跟我講話時那種老朋友的語氣。「比起應付我，吐魯蘇還比較是個大麻煩吧。」

不，你才是大麻煩，至少人家邪神沒有無聲無息地闖進來。

現在精靈們的內心一定充滿一整排的優雅版草泥馬在奔馳，完全不知道自家的結界是怎麼讓一個鬼族混入，還所有人都沒有察覺。

「我知道你們把亞那的孩子送回來了，那你們一定會需要我手上的東西，老老實實地讓大王子出來敘敘舊吧，說不定我心情好還能讓你們的族人靈魂回歸。」安地爾挑起眉，挑釁般地從舌尖點出一抹淡淡光芒，這舉動明顯激起幾名精靈軍的怒氣，「否則，我自己過去也行，冰牙族的警備也不過爾爾。」

「你憑什麼……」

瑟洛芬的話還沒說完，一道白影倏然出現在安地爾面前，竟然就是被鬼族點名的大王子。

一看見來者，瑟洛芬立刻向後退開。

「去驅逐邪神。」精靈王子淡淡對瑟洛芬下了命令，接著所有精靈軍消失，重新回到原本的警備位置上。

四周再次淨空之後，泰那羅恩往溪兒方向看了眼，精靈少女也立即消失身影，似乎刻意只留下了我們這些外來者。

「呵呵，這麼愼重嗎。」安地爾盯著大王子的臉，要笑不笑地說：「傳聞中，精靈王子泰那羅恩千年來笑也沒笑過，還是做個交易，你笑個，接著我們可以心情愉快地好好聊個天。」

不知爲何，我看安地爾好像還多看了大王子兩眼，應該是在看那張臉我猜。

大王子冷冷回望安地爾的目光，沒有開口，當然也沒笑給他看，就是筆直地盯著莫名的鬼族開口：「我知曉你跟隨戰牙幽鬼潛入冰牙，亞那曾教過你如何辨認精靈道路，未驅離你是看在過往兄弟之情，有事直說，無事回到你應去的地方。」

「呵呵……最嚴肅的大王子果然連句笑話都不能說。」安地爾聳聳肩，露出有些遺憾的表情，還是沒有絲毫自己在白色種族裡可能會被打成醬的擔憂，悠悠哉哉地繼續說：「好歹我們以前也有過一面之緣，不算陌生人吧，何不坐下來好好說話。」

「不。」大王子簡單乾脆地拒絕。

兩人對峙之間，天上的邪神已經完全被逼回裂口，歌謠從城市各處傳來，編織爲大型術法，開始癒合空中的傷口，讓邪神無法再穿越星空。

過了好一會兒，安地爾像是放棄無意義地浪費時間，重新開口：「亞那的孩子即使甦醒，也會因爲靈魂剝離過變得不安定。幸好，我手上可是有足以穩定的物品，不笑的王子殿下，對於『銀滴』這樣的東西，你有做交易的打算嗎？」

「條件爲何？」泰那羅恩反問了鬼族的要求。

「精靈血。」安地爾也很乾脆地回答。

「滾。」

我還眞是第一次聽到高貴的精靈用這麼不優雅的單字。

第八話　聚集而來

泰那羅恩看起來完全沒有和安地爾妥協的意思。

「王子殿下，眞的不需要連接『合理時間』的小玩具嗎？」安地爾微微挑起眉，勾起了閒適的笑容，似乎吃定了大王子不會在這時候揍死他，還很自我地把玩了下旁邊的白色小樹葉。

「精靈血對你這種上千年的精靈來說，根本不算什麼吧。」

「對鬼族來說，是解除鬼王封印的某種條件之一吧。」夏碎學長走上前去，一邊的千冬歲很緊張地馬上擋在他哥面前。「『他』曾經說過，精靈血能夠解除很多加諸在黑暗上的封印限制，既然你想要復甦鬼王，那麼就必須得到，不是嗎。」

「呵呵，搭檔小孩子，把我的詛咒玩得不錯嘛，亞那的孩子雖然選了一個不怎樣也沒什麼力量的小傢伙，不過看來基本膽識還是有。」安地爾抬起手，正想往夏碎學長那邊接近時，冰冷的刀鋒已經架在他的喉嚨上。

根本沒人看見哪時抽刀的精靈王子動也沒動，依然冷漠地看著鬼族，「冰牙的訪客，不容得邪惡觸碰。」

安地爾抬起手，做了投降的動作，然後向後退了兩步，泰那羅恩才將長刀收回斗篷當中。

「既然你不給我精靈血，那我就沒辦法給你這玩意，你後悔的話可以隨時找我，褚冥漾知道怎麼找到我。」說完，安地爾一轉身，整個人就消失在我們面前。

……

……

臥槽！

我整個人遲了片刻才反應過來那隻該死的蟑螂最後說的那幾句話。

這傢伙一次不害人是會死嗎！最好我知道怎麼找啦！不要大老遠出來造謠陷害別人好嗎可惡！

「我不知道！」咬牙切齒地反駁鬼族害人的話，我真的很想立刻把那個渾蛋拖出來，朝他臉上開一槍。

他到底是來幹什麼的啊！

拿命進來精靈族這個敵人大本營，只是想要把全部人耍一耍然後又跑掉嗎？

還有他是跟著船進來？當時他果然還是在船上動了手腳嗎？

一想到我們在船上吃喝休息時，這鬼族其實隨時都能出現在裡面，我突然有點毛骨悚然。

雖然不是沒想過這個可能性，但我以爲經過修復的船，應該能某程度地擋住這傢伙，沒想到連冰牙族的淨化術法都沒能擋住，還讓他溜到這裡。

「不，黑暗與黑暗之間能有所聯繫。」泰那羅恩輕輕說道：「只是你不願，然而我希望你永遠不會有願意的那日。」

我才不願意！

全家都不願意！

安地爾眞的消失乾淨之後，所有人才都鬆了口氣，我看見千冬歲出了一身冷汗，他的長弓都已經握在手上了，估計剛才安地爾只要再多一個動作就會被箭矢插穿腦袋。

只是，他不會死吧，我不覺得那傢伙會這麼容易死。

「不過『銀滴』是什麼？」把已經整隻蜷在地上瑟瑟發抖的好補學弟扯起來站好，我不自覺地開口，本來是想說可以問問哈維恩，但是我發現聽見我提問的人，包括精靈王子在內，都沒有露出什麼意外的神色，看來他們大部分都知道這是什麼。

爲什麼學長會需要？

「時空異物。」泰那羅恩面無表情地回答。

最好這樣我聽得懂啦！

「漾漾，那是一種可以修補生命時間的東西喔。」喵喵抓了抓裙襬，對於安地爾的出現她仍有些心有餘悸，不過還是好好地幫我解惑，「時間之流因爲會在各種時空裡奔流，所以也會衝撞出一些隙縫空間，比較大的會形成異時空，裡面有什麼不一定。不過數千年前有人發現了一片『銀空』，據說那裡面是一整片銀色大大的天空，草地是銀色，唯一一棵樹木也是銀色，銀空會落下雨水，大部分被草地吸收，但是有一些會保留在樹裡面，幾千百年後形成銀滴。」

「『銀空』裡面累積了大量時間之流散亂的生命時間，有些是早已經死亡的，有些是原本不應該死亡卻被迫死亡，那種生命還殘存生命時間，大量聚集在一起後能夠汲取出來，修復某些生命時間遭到創傷的人。」夏碎學長嘆了口氣，「只是很難取得，除了能在時空中穿梭的時間種族，就連精靈族都無法進入，照理來說一名鬼族不應該能取到那種東西。」

生命時間遭到創傷……也就是說靈魂遭到創傷能修補的意思嗎？

我猛地想起很多人，包括伊多。

「冰牙族不需要。」泰那羅恩表情不改，還是那種讓人無法猜測想法的淡漠語氣，「精靈有精靈的復甦方法，諸位不須擔心，亦不用對那樣的存在妥協。」

「雖然說這樣有些唐突，但比起在這裡遊蕩，我能直接去看『他』嗎？」夏碎學長很直接地朝精靈王子提出請求，「我……」

「可以。」泰那羅恩截斷夏碎學長後頭想要請求的話語，接著往我這邊看過來，「你與他，兩人，聖山不可太多外人進入。」

「不行！我跟隨主人！」黑小雞馬上跳出來。

扣除黑小雞，其他人好像對於大王子只想攜帶我們兩個沒什麼意見，只有色馬開始往我的腦袋裡傳送大量的「我不依我不依我不依我不依我不依我不依我也想要看小美人——」。因爲是廢話，我直接無視。

泰那羅恩看著黑小雞，也沒有說什麼，銀色的眼睛眨了一下後，黑小雞突然眼睛一閉，整個人失去意識倒在地上。

……估計黑小雞醒來之後會暴走吧，他今天第二次被精靈放倒了。

「走吧。」精靈王子腳下出現微亮的陣法，我立刻跟著夏碎學長一起踏進去。

不知不覺中，邪神早已消失不見，天空再度恢復原先的美麗與寧靜，精靈軍隊散去，城鎭再次編唱原先的歌謠。

然後，我們面前的畫面開始扭曲。

❀

新的畫面逐漸浮現出來後，首先我們看見的是整片透明的冰封樹林。

一地的雪白，四周全部是半透明的冰樹，活像水晶一樣的樹明顯是眞正的樹木，生長姿態皆不相同，透明的葉子在微風中輕巧晃動，偶爾飄落一、兩片下來，清透得比眞正的水晶雕刻品還要好看。

雖是夜晚，但這片樹林有著舒服的微光，清晰照出林子間的道路，還有一些穿梭其中的白色小動物。而樹林深處則是一片黑暗，光似乎越遠越微弱，也看不見盡頭還有什麼。

傳送術法散去後，一個精靈從樹後走出，看了我們一眼，也沒有很驚訝的樣子，只逕自用精靈的語言與大王子低聲交談了一會兒，接著便又轉頭消失在樹群之中。

「請過來吧。」泰那羅恩聲音有點輕飄飄的，說完之後就踏著沒有任何聲響的步伐，直接往森林深處走去。

我看著夏碎學長毫無猶豫地跟上，也連忙尾隨在他們之後。

踩在地上葉子時，本來以爲會像之前一樣只有我一個會發出特別吵的聲音，但走了兩步，靜悄悄的，居然完全沒有任何聲響，我故意踩大力一點也沒聲音，就像動靜完全被那些葉子吸收了，而且葉子被踩過後，竟然一點損傷都沒有，仍保持著完整的葉片形狀。

「精靈族稱呼為晨星樹，而通用語中為『克緹亞聖木』，聖木具有靈性，只生長在純淨之地，一般地方非常罕見。精靈能夠用聖木做出許多物品，而且還很堅固。」夏碎學長稍微放慢了腳步，為我講解環境。

「是的，我們撿拾聖木落下的葉子與樹枝，加以製作，例如兩位身上的衣飾。」泰那羅恩頭也沒回，淡淡的聲音從前方飄來，「加工後的布匹有一定的強度，普通刀劍無法刺穿，且能禦寒保暖，族中廣泛使用。」

所以這是葉子做成的衣服嗎？

我很好奇地從地上撿了一片起來，透明的葉子在我手中有些微光，雖然是在冰地生長，但葉片一點也不會冰冷，還有些微微的暖度……真是神奇的葉子！

「可以當紀念品嗎？」看著覺得這種葉子真的很可愛，我有點想帶一片回家擺著，感覺會很好看。

「聖木不吝嗇分享己身，如果你能撿拾，儘管帶走你想要的。」精靈王子說著，停下了步伐，然後轉過身看著我們。

沒想到他還專程停下來讓我撿葉子，我連忙撿了兩片起來，想說另一片等等偷渡給喵喵，喵喵應該也會很喜歡這種東西。

盯著我小心翼翼收好葉子後，泰那羅恩才又轉頭繼續行走。

之後也沒什麼交談了，我們就這樣在樹林裡走了超長的一段路，長到我開始疑惑爲什麼不用轉移術法，不過想想精靈好像都很喜歡散步，加上這裡又是某種聖地的樣子，於是我繼續乖乖走路。

漸漸地，開始能聽見水聲，似乎是瀑布的聲音，隨著距離越來越近，聲響也越來越大，還能漸漸感覺到寒冷的水氣迎面而來。

出現在我們面前的也確實是一座巨大的瀑布，而且規模比我想像的更大，沖下來的瀑布一共有九道，整座水潭幾乎有巨蛋體育館那麼大了……或許更大？總之這大小眞是超乎預料，而且瀑布間還有彩虹，不是一般常見的那種七色彩虹，而是銀藍色的奇異彩虹。

我搓搓手臂，就算有守護術法與保暖衣物，這裡還是給我很冷的感覺，瀑布飛出來的水花有一小部分直接變成冰珠掉落在冰地上——這裡眞的很冷啊我說，正常人根本來不了吧！光是站在瀑布旁邊都會被那些冰珠子給打死啊！

似乎不在意那些殺人冰珠，精靈王子直接往水潭走去，說也奇妙，那些水珠冰珠瀑布水花什麼的竟然自動閃避，一滴水都沒濺到王子身上。在他踏上水潭同時，一條凝結的冰道直接延展了出來，直直穿進第三條瀑布裡頭，轟隆隆巨響的瀑布下方則是像門一樣開出了一個可通過的空間。

我與夏碎學長互看了眼，趕快跟上。

本來以爲踩到冰路可能會滑倒，但一踩上我才發現冰面被弄得有些粗糙，好像是精靈走過去之後才變成這樣，合理猜想應該是他怕我們滑倒飛出去，所以邊走邊把冰面弄得比較防滑，眞是貼心。

瀑布後又一是條結冰的路，山壁也全是冰，看來是座冰山，寒氣逼人，我有點受不了，讓老頭公把守護術法弄暖一點，以免我走到一半凍死。

還好這條路比較短，很快地我們就走進山體裡，是個廣大的空間，而且裡面也有一座水潭，小了點，看起來像游泳池大小，裡面蓄滿了乾淨的水，還有一層凝冰。

水潭周圍圍繞著不少精靈，看起來不是軍隊，各自的穿著打扮不太一樣，雖然也都是白色袍子爲底，不過上頭的花紋與裝飾各有風格。

一看見王子，那些精靈紛紛低下頭行禮，不過讓我驚訝到說不出話的，則是站在水潭那層薄冰之上的兩個人。

「黑山君？」我竟然在這裡看見時間的主人之一，然後另一個就是老面孔了，「賽塔？」

黑山君沒有什麼反應，懶洋洋地看了我一眼，然後抬起手揮了兩下，超級隨便。而賽塔則是帶著微笑朝我們走過來，「看見你們眞令人高興。此行辛苦了。回學院後，有時間我們一起聊聊吧，或許你們願意說說一路上的趣聞。」

趣聞嗎……

怎麼想我都覺得一路上亂七八糟的東西很多，大部分都不有趣。

不過既然他們兩個在這裡，那麼也就代表……

我的視線往下看，看見了被沉在水中深處的人。

依然維持著精靈的模樣，還是美到夢幻爆錶，光是沉在那裡就像件藝術品一樣，很難想像裡面裝的是一隻能碾壓世界的暴龍。

「此地是冰牙族最聖潔的純粹之地，有冰之魄山之靈。」賽塔看見發愣的我和夏碎學長，如同往常在學校中般彎起熟悉的笑容，「王族正在爲他調節身體平衡，以及受損的精靈部分，再過一會兒就能完成。」

「嗯……嗯嗯……」我看著水裡的學長，突然感覺眼睛發酸了。

走了那麼長的一段路，終於眞的可以劃下句點。

從發生那件事情開始，那麼漫長的一段時間，終於可以結束了……

「你們是走樹林過來此地？」

賽塔含著笑意的聲音讓我從感慨中清醒過來，我下意識點了頭，才看見賽塔繼續說道：

「看來，王子殿下非常相信你們能通過。」

「通過？」我愣愣地往精靈王子看去，人家鳥也不鳥我，已經走到水潭邊上，盯著他姪子，好像怕他姪子一個沒弄好會碎掉。

「是的，克緹亞聖木極具靈性，不能接受邪惡的心思，如果你們心懷惡意，是無法經過樹林，所接觸到的聖木會被粉碎，失去光芒。」賽塔解釋著：「就算只有些許，都不可能被接受。」

「咦？可是我剛剛還撿樹葉。」我看那些葉子很堅固啊，根本不像隨便會被粉碎的樣子，「而且還可以當衣服穿。」

「精靈族有獨特的加工方式，聖木經過加工後便不會毀壞，任何人都能夠穿著。」像是讚許般，賽塔衝著我溫柔地微笑，「你能撿拾葉子，便表示你並非邪惡，所以才能走到此地，如果葉子在那瞬間碎裂，或許你連冰牙族都難以走出。」

雖然賽塔講得很含蓄，但是我已經從他的臉上讀出「如果葉子粉碎，我就會被冰牙族給種掉，直接消失在世界上」。

好可怕啊！原來我剛剛經過的是奈何橋嗎！

感傷瞬間飛光光，只剩下還好沒死的念頭。

感覺以後被精靈叫去走個什麼地方都要特別小心了。

一邊的夏碎學長確認學長真的被安置好後，神態也變得比較輕鬆了些，看來他還是很擔憂精靈會怎麼處理學長。

黑山君就一直站在原地，沒有特別來找我們攀談，我猜應該是冰牙族付出了某種巨大的代價，竟然讓黑山君來到這個地方，我記得他好像不能隨意離開時間之流啊？

所以，是幻影。

淡漠的聲音直接飄進我的腦袋裡。

這是幻影。

黑山君再次扔了四個字過來。

喔喔原來是幻影，我還以爲是本人跑到這個地方來了……欸我說你們要拜訪別人腦袋時可不可以先打個招呼啊！這樣任意來來去去，當我的腦子是你們家廚房嗎！我有時候也會想想生涯規劃還有我個人的幻想啊！讓我有個祕密空間不行嗎！

那些無聊瑣事，連看也不想看，時間之流太多，多看一眼都浪費時間。

很抱歉我的生涯規劃讓你覺得浪費時間喔。

爲什麼要這樣對話啊！不能好好說話嗎？明明人就在我面前可以隨便聊兩句的。

然後這次黑山君沒有再回我了，幻影直接打了個哈欠，深邃的目光重新轉回下面的學長。

……好吧，他應該也是在忙，撥空回我兩句也眞是勞煩他了。

從腦部運動回神後，我看見泰那羅恩已再往我們這邊走來，他在夏碎學長的右手掌心上點開了一個小小的印記，像是雪花般，很快便消失在手裡。

「你們通過考驗，接下來幾日能自行到此處，但不能有其他人同行，僅只你們兩人。」精靈王子還是沒啥感情地說：「當然，也可在我族繼續遊覽。」

「非常地謝謝您。」夏碎學長握緊手掌，誠心誠意地道謝，我連忙也跟著夏碎學長一起鞠躬道謝。

「命運如此，即使閃躲亦不能避開全部，該來便會來，或許……只能相信扭轉。」

泰那羅恩丟出一連串我完全搞不懂意思的奇怪話語，而且他老兄根本沒有解釋的打算，頭一轉又跑回原來的位置了。

賽塔隨後也說他們要繼續調整學長，讓我們自己隨便走走看看，就不特別帶領。

畢竟這裡怎麼說都是人家的聖地，人家專注精神在拯救學長，放兩個外人進來已是破天荒舉動，再叫誰來導遊確實太過分，這裡怎麼看都不是觀光景點。

總之，我就乖乖閉上嘴巴，安安靜靜地跟著夏碎學長，看著水裡面的沉睡學長。

接下來兩三天基本上都是一樣的行程。

溪兒一大早歡快地來帶我們去冰牙族各處參觀……喔對了，精靈給我們安排的住所眞的非常好，而且根本沒有燄之谷妄想的滿房間輕飄飄。

冰牙族直接挪了一間大房子給我們使用，整棟房子爲白木打造，一共有三層樓，佔地寬廣，每個房間都大得不像話，淨白素雅，沒有過多的裝潢布置，也沒有鳥毛子到處飛，床鋪桌椅全都是白木製作，有部分物品是冰與白石，雖然看起來有點清冷，不過眞的有種幻境感。

早上起床時，窗外總是有沒見過的鳥，有時候是小幻獸，牠們一點都不怕外人，逕自在房子各處出沒，有時候還會看見喵喵喜孜孜地抱著某種毛茸茸的東西在一起玩耍。

溪兒帶我們看了許多東西，包括夜空鳥的幼鳥，與巨大威武的成鳥不同，幼鳥就像一般雞的大小，全身黑羽毛細細軟軟的，摸著很舒服。而且夜空幼鳥不會害怕和人形生物接觸，手一摸上去，小頭顱就拚命磨蹭我們的手掌，看得心都要化了。

不過比較驚人的是，幼鳥脫下的小羽毛竟然也會分解成黑珍珠，比較小顆的那種。這鳥從小就很値錢啊，都不知道可以磨多少珍珠粉了，不曉得精靈們把這些珍珠用在什麼地方。

疑問一出，溪兒很快就幫我們解答。

據說大鳥小鳥的珍珠有一部分被拿去塡海，一部分拿去製作建材，一部分運出去賣掉與外界交換物資，還有一些他們製作成粉，會混合在不同的藥物裡。

其實後面幾個做法我都覺得很合理，但是第一個塡海是怎麼回事？

你們精靈把貴貴的珍珠拿去塡海？

浪費啊啊啊啊啊啊！

溪兒補充說道，因爲夜空鳥的羽毛珍珠其實帶有一些藥效，可以淨化海域，所以他們會將珍珠塡入海中，用以滋養海洋。說起來，夜空鳥原本就是爲海而生的幻獸，自然還是要回歸大海。

不過因爲鳥羽會再生，經常因季節換羽，所以其實也沒有短缺的問題。

我再次看向幼鳥，開始覺得這種鳥還眞是經濟價値賊高，難怪會滅絕了。眞浪費，好好養明明可以永生循環利用，當個超級大富翁的說。

後來又去看了一些精靈族的景點，大多是很驚人的美景，外加各種舞蹈。

這期間本來想要餵食一下壁虎，結果發現壁虎好像冬眠了一樣，完全沒有反應，整隻蜷成團陷入沉睡。

喵喵看了看說就是冬眠了，因爲冰牙這邊太冷，屬火的壁虎比較不適應這種環境，所以進入保護自己核心的睡眠。

我想想這壁虎也很不容易，脫離自己的同伴跟著大家東奔西跑，還常常被我遺忘。所以我就拜託夏碎學長教我做一個能讓壁虎好好睡覺的法術，確認可以完全保護粉紅壁虎讓牠無憂無慮地睡到滿足。

這幾天，佮佮兒也很認眞幫大家製作食療飯菜，不過會昏睡過去的僅限晚上那餐，讓大家隔天可以神清氣爽地迎接清晨——除了黑小雞以外。

就這麼地，來到了集合的那一天。

＊

火焰圖騰在冰面上燃起時，吸引了很多精靈在附近樹上與建築物上觀看。

一大清早，溪兒就無視睡滿男生的房間直接衝進來，一一把所有人叫醒，讓我們吃了個大飽，接著領著部分人來到冰牙族的大門口，也就是我們被帶進入的地方。

今天是燄之谷到達的日子。

接下來他們只要合作好，就能夠讓學長完全復活回來了。

燄之谷的火焰圖騰在極冰之地展開時，爲這片雪白的冰封領域抹上一輪鮮艷的惹眼色彩。獵獵火舌很快吞食了冰霜，深深刻印出圖騰痕跡，同時也迎來火焰中的客人——好幾個都是熟面孔，巨大的身影踏著火焰而出，氣勢洶洶地驅散了精靈族原本的寂靜與平和。

「呦，混帳的後人！」

……可以不要繼續用這個暱稱嗎。

我有點翻白眼地看向帶著絲絲火花走來的山大王，他還是很有精神的樣子朝我抬手打招呼，接著左右看了下，目光停留在代表大王子出來迎接客人的瑟洛芬身上，「又見面了，看來妳還是一樣沒啥變啊，還是大美人一個。」

「座前武士，岡茲。」瑟洛芬極有禮貌地朝山大王一個正式的行禮，接著看向後頭的阿法帝斯與其他的燄之谷戰士，「諸位冰牙友人一切皆安好，真令人感到無比地歡欣。陛下與殿下已經幫各位準備好焰火房間，稍後我將爲幾位帶路……」

「不用啦，又不是沒來過，我們自己走就好了！」山大王很爽快地打斷瑟洛芬的話，一副要別人不用太客套的樣子，「倒是你們要注意點，我們在接近冰牙海域的地方遇到一些黑暗同盟的東西，八成是衝著『那玩意』來的。」

「冰牙族時時刻刻都在監控著不友善的邪惡。」瑟洛芬面色不改，毫無波瀾地回應對方的善語，「無論如何，冰牙族不會再讓惡者得逞第二次。」

「再有第二次，阿法帝斯可能就眞的會長住在你們冰牙族了。」山大王哈哈大笑著。

瑟洛芬轉向後頭黑著張臉的阿法帝斯，「不會有第二次。」

「我也希望沒有。」阿法帝斯往山大王的屁股踹了一下，似乎很不樂意山大王又拿他來開玩笑。

揉著屁股，山大王也不介意，「總之，老子先帶人來開路了，王像之前一樣，會直接從連接點過來，大家期待這麼久的事情，終於可以拿個滿分收場了吧！」

「一切皆有主神安排與指引，我們只要做好自己的事便可。」瑟洛芬淡淡地開口。

感覺上瑟洛芬應該是很高興他們的到來，她的話比先前還要多很多，而且其實她在和山大王他們聊天呢！之前明明和其他精靈一樣，多說幾個字好像會要她的命。

「那就不浪費時間，走吧走吧，先看看少主狀況，這小子一直記掛少主的情形。」山大王往阿法帝斯肩膀一搭，立刻被甩開。他聳聳肩，轉向我，「混帳的後人，那隻雞呢？」

「西瑞在練武場。」點人頭要過來時，五色雞頭嚷著他才不想當迎賓小姐，飛也似地跑去這幾天他最喜歡待的地方。

眞不是我要說，精靈的練武場大得出奇，而且還是個就算不打架也可以隨時帶食物野餐的好地方。

溪兒第一次帶我們過去時，一從空間通道出來我看見的就是一大片冰霜雪原，不僅僅有結冰的大片湖泊，還有白色的雪地草原與雪白森林，走了好一段時間還能看見小村莊部落，裡面住著一些精靈武軍。精靈少女爲我們介紹，原先冰牙族沒有這塊練武場，軍隊一直是在各自的土地上操演，後來發生了三王子的事情後，大王子在這邊開闢了練武場，方便王族帶領軍隊在這片土地上聯合操演與練習，平日沒有大規模演練時，這裡同樣是開放的，精靈們能自由出入此處，如果在這裡碰上了想要互相學習武藝的同伴，也可以利用場地直接比試與教導。

所以這兩天五色雞頭活像是被野放回山上一樣，幾乎都快要住在練武場裡面了，每次想找他都說打架沒空，貌似已經和練武場裡到處可見的精靈打過好幾輪，只是勝率似乎不高，五色雞頭回來睡覺時都會碎碎唸精靈怎麼這麼難搞。

不過我看他打著打著也打出了某些心得就是。

把西瑞的新娛樂告訴山大王之後，後者露出一抹嘿嘿嘿的笑容。要我翻譯的話，就是他正事忙完，十之八九會衝進去找到五色雞頭先打一輪再說。

邊說著，瑟洛芬邊打開和之前完全不同的術法，後頭有條空間走道。

我們魚貫走了進去，通道中傳來了熟悉的瀑布聲響。

冰涼的風迎面而來。

我們即將去喚醒沉睡的人，迎接他的回歸。

第九話　重新復甦的時間

再次來到山體中的冰潭。

這次除了我與夏碎學長，還有被應允能以相關朋友與公會身分進入的摔倒王子、阿斯利安。另外就是一大早被喊走的色馬，我猜是色馬身上東西的關係，所以須要他先來使用某些術法，早上出發之前色馬還一直在我腦袋嚷嚷「可惡這樣以後就沒有和小美人形影不離的藉口了為什麼不能晚幾天再來啊啊啊啊」，因爲太齷齪了，根本不想理他。

其他的人，如喵喵就算很想跟，但大王子不允許的狀況下，他們也只能乖乖待在外面等待，這也就是五色雞頭跳過迎接談之谷，直接跑去練武場的原因之一。

「嘖，又不能去圍觀，本大爺才不幹迎賓小姐這種事！」早上知道不能過來，五色雞頭丟下這句話就跑了。

另外就是黑小雞了，黑小雞那邊比較麻煩，上次他被大王子放倒之後已經非常不滿，這幾天也都是我和夏碎學長一起活動，他只能在最靠近的外圍等待，連續幾次下來，黑小雞的心情變得極差，差到連普通精靈都已經不敢向他搭話，好幾次我都看見有些精靈想要說點什麼，最後還是繞過他離開的畫面。

倒是溪兒膽子比較大一些，依舊騰空就跑去找黑小雞說說話，給他唱唱歌，所以溪兒成了唯一一個哈維恩偶爾會比較和顏悅色回話的精靈。

然後今天哈維恩又不能跟，黑小雞就算明白我說過的話還有白色種族不希望太多黑暗種族踏進純淨的聖山，他還是很不開心。

我也沒辦法，只能讓他不開心了。

到了冰潭之後，我覺得大王子會只讓幾個人來也有他的道理——整個空間裡的人已不在少數，王族精靈就來了一大堆，我看見一大群至少二十多人的白色精靈，另外代表蝶城的巳隱也出現在這邊，而燄之谷來了十多人，整座冰潭幾乎就有一個班級多的人，莫怪大王子會控管進入的外人數量。

要是人人都可以進來圍觀，不如乾脆收門票，還能大賺一筆呢。

與風風火火趕到這裡、帶著風暴般烈焰的炎狼們不同，精靈族這邊依然沉靜，像是完全在不同世界般，優雅的氣氛抹去了火焰的躁動，幾乎凝結了時間，讓一切都緩和下來。

就在這種極端的兩種氣氛下，兩股更為強大、乾淨的霸悍魄力直接從我們頭頂上壓下來，如同巨石按壓在頭上，讓人不由自主地臣服。不只在場所有冰牙精靈與燄之谷狼群低下腦袋，我更是差點被那種魄力按跪在地上……還好有站穩，不然全部人低頭只有我啪的一聲五體投地就搞笑了。

這種氣氛不用猜也能知道——精靈王與狼王來了。

上次去燄之谷時因爲種種原因沒有見到狼王，這次連精靈王一起出現，感覺好像兩個願望一次滿足了，滿划算的。

閉上眼睛。

一道聲音在我腦袋中響起，沒有任何遲疑或反抗，我反射性閉上眼睛。

而在那瞬間，我的眼前好像出現了新的景色。

黑暗之中，我抬起頭，看見了正前方有抹人形的發光體，隱約能分辨輪廓，身形比例非常完美，就連飄逸的長髮都裁剪得恰到好處，絲毫不會覺得太長或是累贅，看起來就像長度本就該如此。

微光中，是張挑不出絲毫瑕疵的完美臉龐，濃淡適中的眉毛下有雙深邃沉穩、若似深潭的銀色眼睛，高挺的鼻梁及似笑非笑的淡色嘴唇，看起來不過於嚴肅但也不會讓人感到輕浮；既沒有女性的陰柔也沒有男性的陽剛，而是剛剛好介於其中，恰恰好結合兩者所有優點的中性面孔。

這麼說吧，如果這幾天在這裡看見的精靈們沉穩優雅得像大石、大湖泊、高山等等，眼前這人整體氣勢看起來根本就像是整片看不見盡頭的天空，籠罩一切萬物，不受任何干擾，千百萬年來不曾被動搖過。

精靈王？

是的，看起來應該是精靈王，只是為什麼精靈王要用這種方式見我？

因為，你無法完全地接受直視我的真身。

精靈王靜默地看著我，聲音在我腦袋響起。我突然想到了之前狼神也說過類似這樣的話，當時狼神還是用瞳狼來和我們溝通。

也就是說，現在降臨在所有人面前的精靈王，我無法完整地看到吧。

那麼，狼王那邊估計很可能也會有這種情況。

不用擔心，我正調整你的可接受力量，睜開眼睛之後，不會有任何損傷。

來吧，同爲牽繫命運之子，睜開你的眼睛。

我聽話地把眼睛睜開，那時我看見夏碎學長與阿斯利安他們也正好睜開雙眼，我似乎意會到某些事。

看來精靈王不是只有針對我，是眞的力量太強，會把人的眼睛從臉上燒穿到後腦勺吧。

重新恢復視覺，原本的巨大壓力已減少很多。雖說減少，不過依然存在，只是不再把人壓著抬不起頭，而是可以很清楚地看著眼前的一切；但很難在這種氣氛中隨便行動與開口就是。

也就是說，我們眞的只能乖乖地當個觀光客了。

沒事，本來就是觀光客。

我不覺得在這裡可以幫得上什麼忙，精靈族會讓我們進來，只是讓關心學長的我們可以一起見證學長復甦而已，他們根本不需要我們做點什麼。

我往冰潭中間看去，果然看見了剛才黑暗中的精靈王站在那邊，他的身上帶著幽幽的微光，渾身充斥著飽實的力量感，壓根無法看得出極限，就是一個紮紮實實的力量壓縮檔；外表看似只有1KB，但是實際上解了壓縮有100T的那種感覺。

在精靈王對面，是一名身穿黑紅色皮草披風的高大男子，簡直比精靈王高出兩個頭，可能快要比山大王還要高壯了，在纖細的精靈面前，根本是座充滿肌肉的鋼鐵小山。

這不用說，肯定就是狼王。

不時有自空氣中燒出的小火焰攀附在狼王身上，高大男子有張粗獷的剛硬面孔，看起來有點凶悍，火焰般的雙眼更是充滿讓人懼怕的威猛氣息，紅色長髮則是完全披散在成為披風的幾大塊皮草上。

我覺得精靈肯定不會很喜歡那些皮草，一看就是從好幾頭凶猛的獸類上頭剝下來的，估計每件都有它的來頭，大概就是那種XX地區幾百年來沒有人可以解決的凶惡野獸，結果遇到狼族被幹掉了，現在剩下的皮草正掛在狼王背後……這樣的感覺。

這些皮草全都是紅色或黑色系，看來很可能都是火屬性的凶猛野獸就是。

比起精靈王的不怒自威，狼王渾身上下充滿灼人的悍戾，光在一旁看著，就覺得精靈王站在原地能讓你死，而狼王站在原地會讓你變成肉醬。

相對的兩個種族之王各自抬起手，術法圖騰在腳下張開，一層層細密的文字與圖印交織擴張到整片冰面上，銀色與紅色的圖紋緩緩沉入冰下，兩股截然不同的力量不斷輸入水中，一點一滴傳入學長的身體裡。

後來想想這段時間其實並沒有很長，畢竟我們那一年也都等過來了，這短短的十多分鐘算不了什麼，可是當下只覺得很焦急，希望可以更快一點，那種想要在這瞬間讓所有事情都塵埃落定的感覺。

大概是因爲這一路走來事情也太多了，能順利解決是最好不過。

就在眾人期待之下，我們看著黑山君的幻影朝逐漸融開的潭水裡時不時加上一些奇怪的小花朵，或是小水滴，旁側協助的賽塔也開始調合與穩定雙種力量的陣法。

我看著水裡的學長慢慢失去精靈的微弱光芒，原本銀白色的髮上逐漸出現以前那縷紅色髮絲，回到過去我們認識的樣子。

「阿法帝斯，解開火流河。」

「泰那羅恩，開啓月凝湖。」

兩邊的王開始對各自身邊預備的人開口，在那邊等待的兩人立即相應展開術法，我看見他們腳下出現了火焰的一小部分長流與透明帶著些許發光碎冰的水流。

看來冰牙這邊也有類似的時間長流，應該說湖泊。

與阿法帝斯的動作相同，泰那羅恩抬起手，手心向下凝聚出銀色的光球，一直成長約至棒球大小之後，他們便把兩種色彩的圓球輕放入水潭中，原先清澈的水像是滴進了染料，擴散出兩種對應的色彩，慢慢將學長覆蓋。

「可以將鎮魂碎片的力量收回了。」黑山君指引在旁等待的獨角獸進行下一步動作，原本正在流口水的色馬很快收回自己控制的力量，然後退開來。確認順利完成的黑髮青年轉向兩邊等待的兩族人們，「靈魂與時間已經完全重合回到了身體上，力量也同時均衡控制壓縮，但因爲曾經如此剝離過，所以還是會有一段時間不太穩定，這就得看他自己本身的了。」

「我們明白，謝謝您的幫助。」精靈王點了點頭。

「燄之谷欠你一份！」狼王很豪爽地開口。

「我已經確實從兩位身上取得對等的報酬，沒有何謂欠不欠的問題，那麼，就到此了。」

黑山君禮貌性地打過招呼之後，一個轉身，幻影直接在眾人面前散開，完全消失。

「接下來，就等我們的小少主醒來吧。」

洞穴內開始響起精靈的歌謠，平平淡淡的，不過夾雜著一絲欣喜，燄之谷的狼群也發出愉快的嚎叫聲，直到雙方的王各自抬起手，這些慶喜才暫且先緩下。

狼王咧嘴笑了笑，衝著精靈王說道：「雖然特討厭你們這種冷不拉嘰的天氣，不過畢竟是我女兒選的，就稍微在這裡停個幾天吧。」

精靈王還是維持原本冷漠的表情，但釋出了友善的語言，「冰牙族已經準備好燄火之間，這幾日請好好歇息，近來冰牙族有些情報，或許燄之谷也正好需要。」

「好！走吧！這次本王一定要喝贏你！」狼王爆出大笑，用力拍拍精靈王的肩膀，「走走走，小輩的事情讓他們處理，本王這次特地帶了燄之谷的烈酒，沒喝完不許放杯子！」

「嗯，請吧。」精靈王看了眼大王子，後者輕輕朝自己父親一頷首，退開一步，周圍的精靈們瞬間轉變了陣形，恢復成先前守潭的陣式。

所有的事情，就這麼告一段落。

❀

夏碎學長沒有馬上離開的打算，向摔倒王子兩人打過招呼後，繼續留在冰潭這邊。

這時候，大多精靈與狼族開始散去，大家都明白得讓學長慢慢地恢復甦醒，所以閒雜人等很有自知之明地離開。

我是和夏碎學長一起進出此處的，所以目送阿斯利安他們先行一步後，也就先留在旁邊等著。

「混帳的後人。」同樣還沒離開的山大王走過來，朝我咧嘴笑了下，「看來你過得不錯啊，阿法帝斯這小子還時不時叨唸你都沒用他的東西喔。」

東西？

我想起吊死娃娃。

「呃……暫時沒機會使用。」這是眞的，我還眞不知道什麼場合才會用到那種東西，睡覺時充當蚊香嗎？

「並沒有。」阿法帝斯瞪了山大王一眼，還是熟悉的不爽。然後就往冰潭邊上走，正好站在夏碎學長旁邊，兩個人若有所思地看著冰潭裡的人。

「臭小子。」山大王嗤笑了聲，巨大的手臂搭上我的肩膀，壓低聲音，「你們離開後，阿法帝斯晚上還會在公主像面前說說遇到你們的事情，很囉……」

「岡茲！」

警告的聲音飛過來，山大王馬上閉嘴。

還是一樣老在戲弄阿法帝斯啊……

收回手，山大王壞壞地笑著，和我一起走到那兩人旁邊，在我也看著學長的臉有點發呆之際，就聽見山大王在對阿法帝斯說話：「走吧，少主醒來後還有事得辦，剛開了火流河，在這裡對你太傷。」

「……」阿法帝斯深深盯著水池裡的人，沒有馬上走人的意願。

「那是之前的火流河嗎？」看山大王可能有想要打昏狼扛走的動作，我連忙找個話題。阿法帝斯的想法我大概有一點點明白，就算在這種相對力量的地方，他還是想多看看公主的孩子幾眼，在那上面找到自己熟悉的感覺，即使只多幾秒也好。

「是咧，這小子身上有從公主那邊繼承來的一些東西，包括能在他處開出通往火流河通道的特別封印。」山大王揉揉同伴的頭，被惡狠狠地拍開，他才繼續說：「不過畢竟那是世界脈絡，開著開著很傷身的，冰牙這邊也有世界脈絡，動用力量時兩邊其實都會有點損傷，那個大王子也該去休息了。」這話是朝向站在冰潭另外一邊的精靈說的，被指名的精靈王子淡淡看了眼山大王，並沒有說什麼。

山大王嘖了聲，大概是很想把兩個人都搥昏拉去休息。

「岡茲說的沒錯，『他』醒來後，應該不會想看見兩位有過於嚴重的傷損。」夏碎學長抬起頭，帶著溫柔的笑容，「開啓世界脈絡傷的是靈魂力量，不如一邊妥善地做好休息，一邊等待他起床吧。」

「對啊就是這樣，人家小朋友年紀這麼小都說了，你們兩個大人，走走去緩一緩吧。」山大王朝著王子喊了句：「你還得幫我們開個墓園啊，快點去休息！」

不知道是覺得這種催促很煩還怎樣，反正山大王又不死心地連續說了幾句話之後，泰那羅恩突然一個轉身，整個人消失在我們面前，一點預兆都沒有。

「你眞是吵死人了。」阿法帝斯轉過身，往山大王的腳踹了過去。「走吧，別在這裡妨礙精靈術士的工作。」

「我們也先離開吧。」夏碎學長衝著我笑笑，於是我們四個人一起離開山體，各自分散去做自己的事與休息。

我當然是先和黑小雞會合，報告了我們在裡頭的情況，黑小雞還是一臉不爽，不過也沒講太多，如同往常乖乖跟在我後面。

那天深夜十分熱鬧，整個冰牙族似乎都慶祝了起來，滿街都是歌謠，到處都開出白色或透明的花朵，可能是呼應了精靈的歌聲，那些花長得非常快，連角落不起眼之處都有。

我們踏進了王城，這裡與外面的風格截然不同，確確實實就是精靈的住處，大量白色樹木與典雅細緻的冰霜建築，就坐落在聖山山邊，幾乎與山融合成一體。

所見精靈非常之多，外城的精靈也擁了進來，整個晚上歌謠都沒斷過，好像是精靈版的祭典一樣，精靈們還做出了很多吃吃喝喝的東西及小飾品，不斷往我們這些外來者的手上塞，恨不得讓我們全身上下都裝滿精靈族的物品。

而燄之谷的狼不時還會在精靈群裡出沒，後來碰上山大王，他說此行有帶幾個從沒來過精靈族的年輕一輩來學學東西，那些小狼第一次看見這麼多好看的精靈，也都看傻了，正在到處兜兜轉轉，大概是回去要炫耀自己看見多少好看的東西。

在很久很久的未來某一天，偶然我想起今天這一幕時，我才發現，其實這是我一生中唯一一次見到精靈族如此高興的時刻，後來走過很多地方，看過很多種族，經歷過很多事情，再也沒有看過精靈族如此高興了。

就算高興，也不會在外人面前展露。

然而現在的我不會知道也不會明白。

眼下我只覺得，大家都非常地開心，即使是不苟言笑的瑟洛芬嘴角都上揚了些許，與她的軍隊合著吟唱了些我聽不懂的歌謠。

精靈們充滿期待，燄之谷也充滿期待，而我們同樣充滿期待。星河之下，所有事物似乎都有了美麗的希望，不分種族，也不分身分地位。

黑小雞在不知道第幾個精靈把白色糕餅往他手中塞過來後，終於解除了臭臉，還有連些天來的高度警戒，在眾多善意包圍下，他終於再次咬了口精靈的食物，然後回應期待著評價的精靈說，很好吃。

後來我稱讚黑小雞，他還意外地有點害羞。

每個人都高興壞了，花草植物四處瘋長，開出超多又大又美的花朵。

我在漫天星河下，躺在不知道誰家的屋頂上，聽見了不知道哪個精靈說，狼王又喝輸精靈王，這已經是第四百六十次了。精靈王把狼王帶來的酒全喝個精光，之後又開啓冰牙族半個酒倉，狼王終於喝趴了，精靈王還在繼續喝，一點也沒受影響。

還有燄之谷帶來了很多輕飄飄的小東西，精靈們覺得有趣，拿走了很多去玩，也回贈狼族不少工藝品。

新來的殺手族小孩又在附近挑戰戰士了……

我聽著聽著，開始迷濛了起來，慢慢地睏意席捲上來，伴隨著精靈們歡慶的美麗歌謠，逐漸地進入夢鄉。

那個晚上即使沒有吃伶伶兒的食物，我還是睡得很好，很安穩，還作了非常美麗的夢。

一直到有很多人、很多手搖醒了我。

每個人都在對著我說。

「快起來！少主醒了！」

「王子醒了。」

※

那個早上其實也不是什麼特別的節日，不管人類或精靈族都是。

從冰潭被移出來躺在房間裡的學長就在早晨的時候，靜悄悄地在床上睜開眼睛，完全沒有打擾到任何人，就像平日他起床時一樣自然。

安安靜靜的，醒來，就是如此而已。

我和夏碎學長等人被領到學長住處外面時，四周有很多精靈，不過大多都是杵在外頭唱唱歌謠，講講話，好像沒有特別想進去的意思。

「你們來啦。」

站在屋外的山大王一看見我們，很高興地抬起手揮了揮。他身上的衣服明顯變得厚一些，不知道是怕冷還是怎樣。「阿法帝斯已經先進去了，你們自便啊。」

說是自便……我環顧周圍一大堆精靈，「這要在哪裡排隊？」超市搶限量這樣排隊我看過，但是精靈搶限……不是，精靈排隊我就不知道該怎麼辦了。

「啥排隊？不用排啊，自己走進去不就得了。」山大王挑起眉，笑了很大一聲，「這裡的精靈又不趕時間，他們覺得在外面給少主祝福也是一樣的，所以把安靜留給少主，他們在外頭祝禱而已，你們這些親朋好友搭檔什麼的就自己進去吧，沒人攔的地方隨便走都成！」

看起來山大王好像經常在這邊隨便走似的，說得活像他家廚房。

「漾～你進去吧，本大爺沒啥要進去擠破頭的交情。」五色雞頭興致缺缺地說：「反正回學校就會看見了。」

「啊，我們也是，哥你進去吧。」千冬歲和萊恩很識時務地表示在外面等待。

好補學弟左右看了下，他跟學長完全不認識，更沒有進去的理由了，他就慢慢地縮到旁邊的白樹下，從樹後面露出半張小臉看著我們。

這樣看下來，只剩下我、夏碎學長、喵喵和阿斯利安四個人先去探望學長，這次就連黑小雞都願意乖乖在外面等待，沒有一句抱怨。其實我也沒特別開口，我甚至有點龜縮地想說不知道這次是不是眞的醒過來，如果之後又沉睡很久怎麼辦，突然有點想逃避現實，結果大家完全沒有問我的意見，就這樣催促著我們進去。

在大家的目送下，我稍微吸了口氣，尾隨夏碎學長走進白色建築物的庭院。

這裡與外面的大型建築不同，是很素雅的植物庭院，有小籬笆與隨處可見的白色樹木、冰凝結的花花草草，房屋看起來並不像王公貴族住處之類，很樸素，是相當舒服的白色房子，使用白石雕刻與木頭搭配建造，雖然只有單一色調，但不會感覺太過幽冷。

學長肯定沒回來這裡住過，這房屋必定是精靈族替他準備，就像燄之谷也帶著期盼爲他們少主年復一年地布置著房間。不過這裡沒有燄之谷那麼「輕飄飄」就是，裡頭很正常，非常正常，無比地正常，那些飛來飛去的鳥毛一根也沒有，白淨的走廊，窗外攀爬藤蔓的客廳，繪著敘事圖的牆面，離開前院又是一些蜿蜒的迴廊，引領我們進入後方的起居住所。

一路走來還眞的沒有人攔，就算遇到幾名精靈，他們也是帶著微笑讓我們經過。

不知道該說精靈族實在是很放心還是很有把握，完全不怕我們這些外來者直接逼近他們王子的房間。

踏過長廊，走上台階，我們推開了冰鑄的門扉。

先看見的是小客廳裡阿法帝斯的身影，他恭恭敬敬地站在房門外，接著從那裡走出白色的身影。

就像以往每天早上，有時候我從宿舍房間推開門時，「他」也會這樣踏著無聲步伐，好像不太在意其他事情般地走出，帶著一縷紅色額前長髮，銀白色的頭髮整整齊齊地在腦後紮好，乾淨俐落，沒有任何拖沓。

那瞬間，好像過去一年的種種等待都是假的，他似乎從來沒有離開過一樣，就這樣又回到大家面前。

「學長！」

打破大家的沉默，含著眼淚的喵喵第一個衝過去，然後在學長面前停下來，「你終於、終於！」

「嗯。」學長抬起手，勾起唇角，然後摸摸喵喵的頭，「沒事了。」

喵喵哇的一聲直接哭出來，完全不憋，一邊哭一邊吸鼻子爲學長檢查身體狀況，接著回報給醫療班那邊等待的其他人。

等到醫療班的診斷完畢，喵喵擦著臉去旁邊繼續與醫療班通話後，阿斯利安才迎了上去，先是無奈地嘆口氣搖搖頭，接著看著學長的臉，「也是總算告一段落了。」

「辛苦大家了。」學長點點頭。

「剛復甦身體還很虛弱，在安定之前不要又橫衝直撞。」稍稍停頓了幾秒，阿斯利安皺起眉，「還有……」

「那事情回學校再說吧。」學長打斷阿斯利安沒說完的話，後者便停下遲疑的話語，同意不在現在繼續。

「我真想馬上就打你一拳。」夏碎學長帶著平常溫和的笑，語氣有些像是在開玩笑般，「雖然以前你說過總有一天會帶我來看看冰牙族與燄之谷，但用這種方式進來，果然還是不會讓人覺得有趣。當時我邀請你到藥師寺家族，可沒有如此的『盛況』啊。」

學長也笑了聲，「你現在的樣子看起來也沒有很好，這身體，提爾他們怎麼沒有把你關緊然後上鎖，居然讓你這樣跑進燄之谷又來到冰牙族。」

「我肯定他們事後一定會這麼做。」夏碎學長還是擺著那溫和到欠揍的愉快笑臉。不知道是不是我的錯覺，我覺得夏碎學長說的這些話背後還有某種意味，類似醫療班事後會算帳把他鎖起來，但是他也做好應對手段之類的。

再怎麼說，紫袍切開都是黑色的，我就不相信夏碎學長會乖乖被關。

他們兩個就這樣很閒適地隨口聊了兩句，都不是太要緊的話，很平常，就像他們出任務時候偶爾會說的話。

沒有那種相隔好一段時間，如喵喵那樣激動的表現。

最後，學長的視線來到我身上。

「所以，都已經站在這裡了，你還有什麼好抱怨的嗎。」

似笑非笑，火焰般烈紅的眼睛看著我，這一年以來的不安，那些黑暗，還有在我腦內不斷鼓譟的喧囂，在這瞬間全都消失了。

我的周圍再次變得安靜，什麼動搖，什麼黑暗同盟，什麼顚覆世界的黑色種族與力量好像都變得不是那麼重要了。

在這一刻，仿若隔世。

雖然先前陰影事件時，學長也在我身邊幫助我，但是現在我踏踏實實地知道學長眞的回來了。爲了這一天我想過無數的話，也預想過超多背景畫面，還有面對可能會被打到腦殼飛出去的暴力行爲該採取什麼措施等等……那些好像都已經不太重要了。現在，我只想跟他說——

「不不，我有超多可以抱怨的好嗎。」

第十話　遺留的話語

在重視的人完全甦醒、重新回到世界上後，精靈們的歌謠就沒停下來過，不管走到哪裡都可以聽見優雅細緻的歌聲，還有隨風飛舞的可愛花瓣，讓這個冰系精靈族的雪白領地多了不少生氣。

不過精靈的開心雖然很明顯，但已經沒有像那天晚上那麼大肆慶祝。

可以感覺他們在那晚盡情地歡慶之後，他們王子睜開眼睛那刻開始，精靈們完完全全地重返自己的崗位，繼續著平日的生活，好像把唯一一次稍微有點擺脫形象的時間給用掉了，現在正井然有序地優雅回去，只是祝禱沒有停止，從早到晚未曾停歇，以此來迎接他們回歸族內的小王子。

相較之下，燄之谷持續的歡騰還比較久，別說那些跟來的狼族沒事就在那邊對月咆哮表示自己的欣喜，就連山大王時不時就拉著阿法帝斯往學長住處跑，美其名是繼續協助學長穩定身體，實際上根本是各種碎碎唸，好像想一口氣把燄之谷的事情都告訴學長，不過因爲太長了，沒啥耐心的學長聽到煩了就把山大王趕出來，正好被路過的我看見這一幕。

泰那羅恩也去找學長，但是人家是眞的幫忙安定力量，兩人面對面就是最高品質，靜悄悄。

後來又聽說狼王找精靈王二度拚酒，二度又被灌倒。

有精靈路人告訴我，千年前因爲王子迎娶公主，忿忿不平的狼王直接帶著一千手下殺進冰牙族，揪著精靈王的領子要對方給個交代，然後喝了過多酒的狼王甚至還一把鼻涕一把眼淚對著精靈王狼咆，怒喊他一個女兒就這樣被騙走，別以爲你們又強大又好看又會讓人流口水就可以躲過算帳。

之後狼王搬來了燄之谷十幾罈最烈的酒，要精靈王喝光作爲賠罪，不然就是和他打一頓，打到狼王滿意爲止，如果要喝就是連一滴都不能剩下。

可想而知，精靈王眞的連一滴都沒有剩下，而且也沒有如狼王所想被放倒。

狼王吃驚之餘，又憤怒地搬來更多酒強迫精靈王繼續喝，然後狼王在一邊也喝起酒，邊對月咆哮發洩不滿，冰牙族於是連續十幾天夜裡不斷聽見震天撼地的狼嘯，充滿力勁與野性的嚎叫是冰牙精靈們第一次見識的，所以他們也樂於接受這不同的新事物。

可惜的是，狼嘯並未維持很久，大致喝了十三日，狼王就倒在精靈王的住所不醒人事，之後足足沉睡了半個月。精靈王則是繼續日常之事，一點也沒有被那些酒影響，事後精靈整理出來歸還給燄之谷的酒罈，多達燄之谷一整月的全族用度。

聽完這則路邊小故事，我腦袋裡只有兩個字：「呵呵」。

那天看完學長後，因爲精靈族和燄之谷各自有很多事情，所以我們也學其他人，把時間讓給更須要拜訪的人們。也就是說，只有學長清醒的第一時間我見過他一次，後面說了幾句抱怨的話，而且他居然沒揍我，爲了讓他可以好好休息我們就離開了，後續便沒再見過面，每天都有不同人出入那間白色房子，我只在外頭路過看幾眼。

雖然知道沒改變，但總有種距離被拉開的感覺。

就這樣過去了幾天。

我坐在我們外城住所的陽台椅子上，看著冰牙族天空的長長星河。

事情結束後，吵鬧也吵鬧過了，現在寧靜下來，反而有許多思緒慢慢沉澱。

算算時間，確定學長完全沒事後，其實我們也該回學校了，出來整個月沒回去，還在精靈族這裡度假這麼久，不知道回去後會遇到什麼來自老師們和公會的人間地獄，唉。

然而與外頭那些陷害、襲擊相比，他們的人間地獄其實已經算是人間天堂了，至少我還比較樂意留在學校裡，死了可以復活，有事讓別人來處理就好。

「想回去了？」

轉過頭，看見哈維恩端著一盤東西走過來。雖然熱鬧的那天晚上他有吃精靈的東西，但是第二天開始又不吃了，回到了萬事皆防的狀態，只是比較沒那麼敵視精靈而已，有些精靈向他打招呼，他也慢慢會回應了。

「也差不多了吧。」我聳聳肩，有注意到千冬歲他們已稍微在整理自己的東西，閒著無事時還在精靈族採購和交換物品。

千冬歲說過精靈族裡有許多事物是外面見不到的，尤其像這種古老種族，可能他們覺得習以爲常的術法或物品，在守世界是很難找到，所以還是抓緊機會多去與精靈交流，可以得到很多收穫。

然而，這些對我來說實在有點難，雖然精靈族沒有奸商，可是不知該怎麼交流起，遇到的精靈都用看小朋友的微笑表情爲我唸了幾句祝福，塞了一些小玩意之後就離開了。幾天下來，倒是收了好幾個看不出所以然的玩具和擺飾品。

總之，不會爆炸的話，放著也無妨。

「確實，你回去對我們而言較好保護。」黑小雞非常直接地說：「外在危險低，且有守護結界。」

就是一個圈養鬪雞的概念。

看著天空整理思緒之際，有股火焰般的熱流在我們附近燃起，我轉過頭，看見阿法帝斯從陣法裡走出來。

「混帳後人，走了。」有點心不甘情不願的青年瞥了我一眼，說道。

「呃、走去哪裡？」該不會在精靈族把我解決掉吧！

「墓園。」阿法帝斯冷哼，「少主說要帶上你，不然誰管你去不去。」

「我去！」所謂的墓園又是學長提及的，不用想我也知道指的是哪裡。這幾天其實我也有想要去看看，可是沒有理由請精靈們帶我去──畢竟我一個黑色種族，又是間接造成悲劇的後代子孫，怎麼好意思開口。而且這次也不像在燄之谷有好心人專程爲我們介紹，又帶我們過去，精靈們根本提也沒提過。

「那個不能過來。」指著黑小雞，阿法帝斯瞇起眼睛。

「哼！」哈維恩冷冷地轉開頭，不過沒有抗議，看樣子他已經很認命地打算在原地等待。

我趕緊跟上阿法帝斯的腳步，跟著他走進那個還沒有消失的陣法之中。

陣法轉移之後，出現在我們面前的，是不知道我在這裡看過的第幾座雪白色森林。

森林入口，站著學長與泰那羅恩。

學長穿著一襲白色服裝，不像大多精靈穿的那種長袍，比較帶有勁裝的俐落感覺，也沒有披風之類的，只搭著白色的長外套，看著就像平常一樣簡潔。

「夏碎學長呢？」沒看見人，好像只有我們四個，我突然覺得有點不太安全。

「夏碎馬上過來。」學長才剛說完，我們剛來之處立即出現新的陣法，很快地走出賽塔和夏碎學長。確認人到齊了，學長便轉向大王子，「麻煩您了。」

泰那羅恩點了點頭，緩緩抬起右手，指尖點上空氣時，一絲銀白微光在半空中綻出了細緻的微光漣漪，接著散出大量漂亮文字，全都是精靈用的文字，所以我完全看不懂，包括大王子低聲吟唱的咒文，也只能聽出個音調。

從力量感來看，有點像是我們平常在用的空間術法，也有點像是某種幻影，我只能大概猜一下，無法確定。

「精靈族很少刻意製造墓園，他們通常會長眠於自己喜歡的自然之中，讓己身力量最後回歸大地。若是像這樣有重大因素須要建造墓園，會設下重重結界保護，不是特定的人無法開啟，畢竟力量強大的人即使消亡，還是有許多東西不會散去。」夏碎學長得到大王子的允許後，低聲替我解釋。

這我明白，看過很多只剩下屍體但還是發生各種異變的狀況，像先前海港城下扭曲成鬼族的亡者，還有以前看過的其他屍體等等的……如果沒有好好封印或是處理，真的很麻煩啊。尤其又是當年大戰的三王子與燄之谷的公主，想必力量更不一般吧。

白色大門在空氣中開啓。

然後，銜接其後的，是近乎透明的冰地森林。

「月凝湖。」

學長看著大片冰地的表情是我從來沒見過的……怎麼說呢，可能是有點悲傷的樣子，只是非常細微，幾乎不願意表現出來。

這裡，就是埋葬了三王子與燄之谷公主，那千年前傳說最後的歸屬之地。

※

月凝湖，與燄之谷的火流河同爲世界脈絡之一。

火流河爲極端炎火流域，而月凝湖則爲極地寒冰領域。兩者不同的地方在於，燄之谷守護並開放，允許族人進入修練自我，冰牙族的月凝湖則為完全封閉，連自己的族人都極少踏進一步，平常由大王子管理通道大門，只在主神有所指引時，他們才會進入月凝湖進行必要的動作。

聽著夏碎學長簡單的解說，我看往腳下，這裡的冰完全是透明的，連一點點白都很少，也不知道累積了幾億年，從通道踏進之後整片地面都是這樣的冰層，放眼望過去幾乎看不見盡頭，周圍則有不少從冰地生長出來的透明大樹，不知道是依據什麼原理長出來，還是這真的是植物……那些樹組成一整片林子，中間則是空出一條足以供人通行的冰路。

泰那羅恩從空氣中取出一盞燈，燃著白色火焰的透明提燈投映出搖晃的淡淡影子，融進冰地裡看起來有些魔幻。

大王子就這樣提著燈盞走在最前方，我們跟在後頭移動，除了很冷讓我連續加強幾次溫暖身體的術法之外，我也注意到冰下似乎有些不太清晰的影子在竄動，看不出來是什麼，倏地一下出現一下消失。

走過了森林通道，再次出現我們面前的依舊是廣大的冰地。

說真的，這種地方如果沒人帶領，我根本搞不清楚方向，看來看去全都一樣，走久了一定會方向感完全錯亂，直接迷失在冰地上。

又這麼走了一小段時間後，泰那羅恩才停下步伐，接著彎下身，把燈盞放在冰地上。白燈一放置好，旁側立即出現一模一樣的燈盞，而且快速延展出去，立即便有幾十盞、甚至百盞的燈在冰地上圍繞出巨大的圈，圈內起了霧氣，緩慢凝結出或是透明或是白色的花草樹木。而在那其中，可看見有兩棵比較不同的白色樹木，彼此依偎，部分樹枝交疊纏繞，像是兩個人半擁抱著對方。

在樹下，白色的纖細小草覆蓋兩具冰棺。

我感覺到走在側邊的阿法帝斯有些顫抖。大王子一走到冰墓前，阿法帝斯直接在右側的白石銘碑前跪下來，行了一個非常慎重的大禮。

不用他們開口，我就知道這兩位的身分。

三王子亞那與燄之谷的第一公主。

「月凝湖無法久待，但足以弔祭片刻時間。」賽塔走到學長身邊，不知輕輕說了什麼，旋即退開，與大王子走到旁側，留下我們幾個。

即使冰墓的兩人已離世許久，但我仍可以感覺到從裡頭隱隱傳來的氣息，清冷如冰與炙熱似火，放置了千年之後，終究還未完全消散。

不知道用了什麼方法，遭黑暗染身的三王子，從冰棺透出的力量感依然相當純淨，似乎從未混濁。

我看學長和阿法帝斯都望著銘碑，什麼話也沒講，這畫面看得有點難受，所以我就也退到旁邊，讓他們能安靜些。

學長讓我來的用意我不太明白，可能多少還是有點不甘願自己的父母如此死亡，但他不是那種會遷怒到後代、要押著後代來謝罪賠命的人，而且也不會刻意要我來這邊看著凡斯的後果反省什麼的，我知道學長完全沒有這種意思。

雖然我還是覺得很尷尬，而且眞的心裡很難過。

以往聽見看見的、所知道的終究是個故事，直到凡斯的軀體出現、被利用了，曾經美好的一家人有兩人永遠不會再睜開眼睛，那些故事變得如此眞實，更覺得過往的誤會有多麼悲劇不堪。

只是一瞬間的念頭，造成的是長達千年的錯誤與苦果。

失去姓名與父母的精靈後代，顚沛流離的妖師，永退歷史的恆遠之書，無法被世界接受的亙古潛夜；種族存在持續的都是異常漫長的時間，以此品嘗千年不斷的痛苦，輪迴輾轉，又再次交會在這一代之上。

我站在這裡，其實有點想逃開。

「褚。」

我整個人跳起來。

「呃……怎麼了？」小心翼翼地看著學長，不知道我會不會被砍頭當祭品。

「我叫你過來，不是要你代替什麼在那邊懺悔難過，那些事情都和現在的人無關，過去的就已經過去了，給我閉上你那顆腦。」慵慵懶懶的音調，帶著以前可能會隨時往我後腦揍下去的眼神，讓我立刻反射性摀住頭。

學長嘖了聲，沒好氣地白了我一眼。

「叫你過來，只是讓身爲妖師的你看看凡斯曾經最在意的人，雖然已經回歸主神的懷抱，但是他很好，所有的事情都很好，我父親不曾責怪過你們，母親也沒有。回歸之前，他們都是笑著離開的，妖師一族在此見證，從此以後，你們不必再揹負先祖的悔恨與枷鎖。」學長頓了頓，繼續說道：「自你認識我開始，我從來沒有用這件事來影響你，往後也不會。凡斯的後人替他以眼睛看、以耳朵聽，往後，你們可以不用再後悔了。我們過得很好，一直都很好，以後也會繼續下去。」

「然後，你現在的臉看起來超煩，不想被我揍的話把臉擦一擦。」

學長沒好氣的聲音扔在我頭上，我連忙一擦，才發現不知道爲啥流了一大堆眼淚，吸了一下還有鼻涕。

或許是凡斯殘留在我身體裡的力量感受到了吧。

我急忙又多擦幾次。

然後學長轉向已經站起身的阿法帝斯，語氣變得較爲溫和，沒有對我那樣凶。「母親明白凡斯的苦痛，她理解妖師那時悔恨，也感受到強烈的痛苦折磨，所以她在闔上眼睛時並沒有要我們爲她復仇什麼。冰牙、燄之谷與妖師，還有當年戰爭死去的生命都是爲了世界而奉獻，她認爲有一天你能夠與妖師的後人並肩站在一起說笑，可以理解妖師並非仇人，到那時候，她讓我帶話給你：

『最後，你能明白我的選擇，我眞的十分開心。阿法帝斯，不必守在我的跟前，要替我去看看世界，這世界還有許多我來不及發現的美好事物，你要替我好好地看看這些，然後記錄下來，終有一天我們會在安息之地重逢，屆時，我等待著你，我們能夠一起談談那些美麗的故事，別帶著貧瘠的生命來見我。』」

「……」阿法帝斯握緊拳頭，用力地咬著嘴唇不發一語。

「母親的個性，您是最明白不過，我想也不必我再多說了。」學長看著比自己還高大的狼族，說道：「還有，不要老是和瑟洛芬來學校吵我，很煩，下次再來照樣把你們打出去。我自己不會有問題，我是公會黑袍，早就可以獨當一面，狼王太囉嗦你就揍他。」

阿法帝斯露出一個苦澀的笑容，「不……狼王眞的常常吵著要把您接回……」

「精靈之子，理當回歸冰牙一族。」本來在旁邊站得好好的泰那羅恩突然一句冷清的嗓音插進來。

「如果不是公主要長眠在這裡，我們也早就把公主接回了好嗎，既然公主被你們留下，少主自然要隨我們返回燄之谷！」一說到這個，阿法帝斯就來勁了，不管眼前是不是強大又美麗又優雅又會讓他們流口水的精靈王子，語帶抗議槓上對方，「少主是燄之谷的人，必定重返燄之谷。」

泰那羅恩好看的眼睛整個瞇起來，「精……」

「我哪邊也不會去，我有自己要回去的地方。」學長直接打斷兩邊快要卯起來的爭奪口水戰，沒讓冰牙精靈和燄之谷戰狼繼續抬槓下去。精靈王子與阿法帝斯意識到了所在之處，立刻閉上嘴，不再多發一個字。

說眞的，如果不是因為這裡是墓地，那兩個還是他長輩，估計腦殼都會被學長給拍飛。

「褚！」

「對不起我閉腦了！」

我連忙抱住腦袋。

※

短暫憑弔結束後，泰那羅恩又拾起了那盞白燈，四周景色迅速散化，他便按照原路領我們走回。

看著白色大門在我們面前關上，月凝湖消失在術法之後，我想著應該要回去找黑小雞報告時，學長突然拍了我一下，「還有個地方要去。」

「還有？」我愣了愣，這次真的不知道要去哪裡了。

難道還有什麼當年的遺留要去看過嗎？

「那裡我無法進入，賽塔會守護你們。」大王子淡淡說著，然後看了眼阿法帝斯，「你也該回返狼王身側，接下來，你不能同行。」

「什麼！」阿法帝斯露出警戒的不滿神色。

「阿法帝斯，我要去辦的是私事，不用你跟過來。」學長很直白地趕人，「應該說，不准跟過來。」

「可是……！」阿法帝斯瞪了我一眼，又疑惑地看著夏碎學長，似乎對我們兩個可以同行感到很不滿意。

學長嘖了聲，「這事情和他們兩個有關，和你無關，夏碎是我的搭檔，他和我一起走是應該的，褚也有關聯，你就這樣回去報告狼王，他如果囉嗦，就揍他。」

我說學長你到底是多想揍狼王，爲什麼一囉嗦就要揍他，難道狼王很欠揍嗎？

好吧說不定很可能有一點，但是那隻好歹也是你外公吧！

「我已經替你們聯繫好『那邊』，『他』也正等待著。一路上我會照顧亞，他不會有事。」賽塔微笑著介入，阿法帝斯再怎麼不願意，似乎仍然看在賽塔的面子上，退讓了。

就在原處，賽塔打開了新的通道，這次與先前不太一樣，通道有些奇怪，黑黑暗暗的，一點光亮也沒有，而且莫名其妙的是還有種怪異的氛圍，讓本來就不怎麼高興的阿法帝斯倒吸了口氣，幾乎要出聲阻止。

賽塔只是衝著青年又微笑了下，才讓阿法帝斯把聲音吞回去。

其實就算是我，也可以感覺得出來這條通道隱隱有種不祥的氣息，更別說阿法帝斯那樣高強的人，他一定看出這走道很可怕，但是開走道的又是個高級精靈，這讓他又著急又困惑，被阻止插手的情況下，也只能在一邊乾瞪眼，什麼都不能做。

「請吧。」賽塔這次從空氣中取出的是黑色的燈盞，燈中燃著黑紅色的火焰，閃爍搖晃著，光看便有種詭異的感覺。

我看學長和夏碎學長毫不遲疑地跟隨賽塔走進通道，我也趕快跟著跑進去。

黑色門扉在我們身後關上，無盡長廊在我們面前展開。

「褚，我聽夏碎說了船上的事情。」

行走時，學長打破了安靜，開口：「關於壁畫和達拓諾部族的事情我以前沒有和夏碎清楚說過，因爲事關重大，本來是想過一陣子找時間再帶他過來說清楚。」

「嗯，在那之前，你就死了。」夏碎學長和藹可親地微笑著。

「……」

「開玩笑的，雖然只知道個大概，但我不確定是不是同一位。」夏碎學長以好像不是在開玩笑的語氣說：「達拓諾部族則是完全不知道，看見記錄滿驚訝的，果然他們最後去了『那邊』吧。」

「對。」學長轉過頭，發現我一臉求解，「你馬上就會知道了。」

好吧，反正每次都是時間到了我就會徹底明白，我只好認命地繼續跟著往黑暗走。聽見學長和夏碎學長繼續交談，大致是在說夏碎學長中的矮人詛咒問題。

「這幾天冰牙族已經替我處理得差不多了，我特別請求他們留下詛咒的一部分，不要完全抹除，這樣才能反向回查預言家枷奧歐發生什麼事情，我不認爲那是小事件。」夏碎學長嘆了口氣，「船上的死煞詛咒極其強烈，如果還有其他處也有，擴散開來的話會造成大量鬼族轉化與嚴重死傷，雖然公會與海上組織已經介入處理，可是依然得非常小心。」

「我也覺得很有問題，回去之後把相關工作接了。」工作狂學長身體都還沒養好，居然就開始想爆肝了。

如果不是怕腦漿被拍出來，我眞想賞學長一個大白眼。

大概這瞬間和我有一樣想法，夏碎學長眨眨眼睛，「親切溫和」地停下腳步看著學長，「把工作接下來嗎？」

「……也許戴洛他們能接下來。」學長及時修正剛才的說法。

呵呵呵呵呵，現在學長八成處於一種對夏碎學長很抱歉的狀態，所以估計是不敢惹夏碎學長了吧……加油啊夏碎學長！我支持你！

「褚。」

「對不起我閉腦了。」

走在我們前方的賽塔輕笑了幾聲，隨後停下步伐。

黑暗中亮起了一道火光，拉出了巨大黑色門扉。不知道爲什麼，我覺得門上的裝飾文字非常眼熟，看著有點像精靈的文字卻又不是，隱約還滲出黑暗氣息，與我有些相似……等等？這上面！

「走吧。」賽塔望著我，微笑著，然後打開了黑暗的大門。

門後，帶著腐朽氣味的風直接往我們面前颳來。

※

沉重髒污的空氣，黑暗到幾乎快垮下來的天空，隱約還可看見穿梭在其中、不時會發出亮光的暗紅色閃電；環顧四周全是毫無生機、看起來陰沉的暗色岩山岩石，地面覆上厚厚的黑紅色沙礫，沙上還有滿滿乾枯的荊棘，雖然沒有什麼屍骨糾結，但視覺上還是不太好看。才剛踏上我就覺得腳底很不舒服，隱約能嗅到一點點濕黏的血腥氣味，像是遠處有什麼被撕開了，味道非常不好聞。

這幾天都在冰牙族，快被那裡純淨的生活環境給養壞，現在一到這種混濁的環境，我馬上感到排斥，很想快點回去冰牙族。

爲什麼賽塔會帶我們來這裡？

學長才剛剛甦醒，夏碎學長身體又不好，賽塔本身還是個精靈，這種像是大魔王住的地方，他們三個人完全不該來吧？

皺起眉，我看著好像毫無打算的賽塔在我們周身加強保護，特別是學長和夏碎學長，一層又一層，各式各樣銀白色的圖文消失在他們周圍，非常謹慎。

這裡有什麼是非得要在這時候、只有我們幾個人的情況下進入嗎？

賽塔不會判斷錯誤，我完全信任他，但我還是搞不懂。

「有入侵者嗎？」學長挑起眉，抬起右手，食指與拇指在空氣中搓了幾下，一絲黑色殘渣沾黏在指尖上。

黑暗的力量氣息猛地出現在我們身後，這讓我嚇了一大跳。這些日子以來，我覺得我對黑暗力量已經變得比較敏銳了，結果竟然沒有察覺出現在這麼近的地方，如果黑小雞在這裡，肯定早就拔刀砍人了。

「很抱歉，將軍前往迎敵。」閃出的身影離開岩石後的影子，慢慢走到我們面前。那是一名身著黑色長袍的女性，臉色看上去很白，可是異常美麗，一頭及腰的烏色頭髮妝點著些許紅色飾品；黑色的眼線與鮮紅的雙唇，黑紅色的眼睛略帶一層戮血之氣，讓她給人一種絕望淒美之感。

不知道是不是我的錯覺，我總覺得這女人身上散發的黑暗氣息根本不是正常種族，近一步說，她散發著「鬼族」的氣味，但和我所知的鬼族又不一樣，雖然有戾氣，卻沒有殺氣，我好像在哪裡也見過類似這樣的鬼族。

「什麼敵人？」好像認識這名「鬼族」的學長竟然沒有一看到就砍，反而是很平常地對起話。

「前段時間，有些許鬼祟的黑色種族跟蹤我們在外面的人，偷偷摸摸地竄進來，衝破護衛……雖然我王從來不須要人護衛，但也被衝破了基礎門衛，竟然妄想接觸我王。我們將其擊斃後，發現是黑術士，黑術士再生了數次，終於被將軍徹底毀滅。」女子說話語氣帶著一絲森幽，聽著給人毛骨悚然的感覺，但也不到無法忍受的地步。她繼續回應學長的問題，道：「近期經常有黑術士在各地出沒搗亂，我王讓我們前往收拾，經過調查，確認爲黑暗同盟。」

沒想到在這裡又聽到黑暗同盟，我整個沒好氣地想起之前發生的那些事情。這個黑暗同盟越來越小強了啊，到處都鑽！雖然我還不知道這個很像月球表面的荒涼地方是哪裡，可是會讓學長這樣接觸的估計也不是什麼好惹的對象。

似乎不太在意我，女性朝賽塔行了個禮，動作竟然和精靈有些類似，不過因爲她的外表很有淒厲美感，做起來又是另一種味道。「賽塔大人與我們聯繫時，也提過幾位遇見過黑暗同盟，我王指示我們加強追蹤並瓦解黑暗同盟，這段時間你們須要特別注意周身，尤其是殿下您，還有這位……黑暗的後人。」

「黑暗同盟到底想幹嘛？」我聽著女性的說話內容，她應該知道我是妖師一族，所以我也就乾脆發問了。

「顛覆世界。如你所知，他們應該向你或你的族人發出過邀請，黑色同盟想要轉逆時間，將白色世界染黑，毀滅白色世界的萬物。最終，這世界會加快黑暗來臨的腳步，重新回歸黑色種族的統治之下。」女性倒是很快地回答我的問題，而且沒有特別遮掩的意思，「對於你的族人來說，這或許是個好消息，但是時間的進程還未發展到這地步，這依然是白色種族的世界，加速時間催化會帶來嚴重的歷史後果，黑色種族重新掌握的世界必定會經過殘酷的血洗與抗爭，大量生命將墮入幽冥世界，破壞平衡。」

「……可以講白話嗎？」我覺得我好像可以聽得懂又好像聽不太懂。

這故事不是應該到學長回歸就可以溫馨地結束了嗎？爲啥好像又開啓了什麼可怕的支線？

欸不對，黑暗同盟其實一直在到處搞鬼，都還沒搞清楚他們背後到底有什麼呢……看來在精靈族的養老生活眞的過得太悠閒，整個把他們忘得一乾二淨。

「六界的生命是均量遍布的。」學長終於忍住想揙我的動作，試圖讓自己心平氣和地開口爲我解釋，「用你能懂的方式說，每個地方時間結束，相應的一邊就會有對應的時間開始，如果其中一界出現大量死亡，那驟然減少的時間會造成六界平衡傾斜，就會出現混亂。」

「啊，好像有點懂。」她剛既然有提到冥界，大概就是平常說好幾個人過奈何橋，結果有一天突然多出了幾千萬個人要過奈何橋，結果奈何橋就這樣斷掉，通通掉到水裡餵鱷魚的感覺吧。

「我王雖然替白色種族在歷史背後維持時間上千年，但是也有我們無法去到的地方。近年來鬼族與妖魔動作頻繁，我王憂心即將又會產生更大一次的衝突，只求能在黑暗同盟擴大襲擊前，搗除他們更多的隱藏勢力。」女性白色的臉上露出一絲殺氣，「眞是讓人不省心，將軍爲了這些破事也到處東奔西跑。」

「辛苦你們了。」學長對著女性微微一笑。

所以，這到底是哪裡啊？

我看著學長，學長也轉過來看我，好像知道我在想什麼一樣，衝著我勾起冷笑。

「你馬上就會知道了。」

《特殊傳說Ⅱ恆遠之晝篇・卷五》完

番外．其五、銀空

那是又深又長的黑夜，如墨傾倒漫布整個生命，掩蓋了最後微弱的亮光。

無論再怎麼努力，試圖想要重新尋回那道光，終究無法再恢復過往，只能帶著滿載的憾恨，一邊詛咒自己的無力，一邊向從來沒有祈願過的神祇們希望能給予神蹟。

可笑的是，自己從來不屑這些事物。

卻沒想到有一天，必須卑微地希望某個存在能聽見自己渴求的聲音。

「然？」

聽見輕柔的呼喚聲，他從不屬於自己的黑暗當中醒來，眼前逐漸恢復光亮。

那是一個有點漫長的過程，即使現實很可能只需要一秒。但他還是覺得有點難從這片黑暗裡抽身，雖然後來順利地完全恢復了視線。

看清楚坐在身邊的女性，白陵然微微勾起唇，從側靠著的軟枕上直起身，伸展了因爲睡姿不良有些發僵的筋骨，同時也嗅到了空氣中的糕點香甜，是某種米的香氣，加上一點點芝麻與花生的甜味。「妳來多久了？」他記得自己看著書籍入睡之前，帶著笑意望著自己的精靈並沒有在這裡。

精靈上午有課程，去了他們一起學習的學院。

他們的學院接納各種異族，就連黑色種族都毫無偏見地被收入了，雖然課程不多，不過他也在那裡認識不少志同道合的朋友，讓他覺得滿有意思的，所以沒有接受長老們要他別離開大結界、到外拋頭露面的請求。畢竟與幼時不同，現在的妖師首領有絕對的能力可以保護自己，況且外面的人還不知道他眞實的身分，只將他當作普通的人類或是普通的妖精種族呢。

拾起落在地板上的書本，他放置到邊上的小矮桌。

那只是打發時間用的一般小說，不知道是哪名族人隨同族內長老來這裡匯報商業狀況時攜帶的。因爲匯報通常是由長老或是地位較高的人進行，這些小輩只好在外頭等待，以前他們大多是發呆或是互相交流彼此地盤的情報。現在慢慢開始有人偷偷摸摸地看起其他東西或是偷滑手機，有時候被長老逮到，不免引來一頓訓斥。

有一次年輕的小輩在等待匯報的空檔無聊地翻起書，正好被他撞個正著，順手從戰戰兢兢的年輕族人……說是年輕，其實不過與自己差不多大。從那有些發顫的手上借過書，他趁著這個沒事做，難得能小憩的下午翻閱起來。

說實話，書的內容並不怎樣，甚至相當乏味，連一絲能引起他興趣的地方都沒有，所以他看著看著便睡著了。

「來了有一會兒了，我看你睡得很沉，進入了古老記憶，還在思考是否要將你喚醒呢。」辛西亞微笑著替青年倒來了一杯帶著香氣的茶水，放在對方有些冰涼的手掌上，「小玥讓我帶了些狀元糕，她說是在老街買的，你可以吃看看。我覺得弄熱會好吃許多，所以再等一等就好了。」

看著精靈站起身，姿態優雅地離開起居室，白陵然淡淡地笑了下，喝著帶有青草香氣的茶水。如果沒有任何人打擾，這眞的是個愉快的下午，然而總是無法如自己所願。

妖師再次活動於世界之中的事情，無論再怎麼掩蓋，總是會走漏風聲，即使已經幾乎抹消檯面下的所有消息，但外在的不安定因素還是相當難以完全排除。雖是如此，當初他依然排除眾議，沒有順應大部分人的要求將手足帶回，而是讓他繼續探索世界，用他自己的方式去了解未知。

如果必須活得畏首畏尾，連一絲改變的機會都不給新一代族人，那麼先祖們留下的血液似乎會越來越沒有意義。

最終，妖師一族還是必須要與外界有所交流，重新讓世界回想起他們並非世界的敵人。縱然這得花上很久很久、甚至千百年的時間，他還是希望有一天能夠改變，即使會帶來許多新的麻煩。

是的，就像現在一樣。

「大族長。」

放下杯子，白陵然站起身，打開了木造的拉門，看著站在庭院裡的男子，對方一身的狀況看起來有些狼狽，似乎經過了一場很艱辛的戰鬥，手臂上還有道又深又長的傷口，帶有細微的毒素。

白陵然微微皺起眉，他知道血氣與毒物已經引起屋裡的精靈注意，貼心的女性沒有走出來，也沒有中斷他們的會面。

「族長，我們遭到黑術士的襲擊。」男子嚥了嚥口水，有些膽戰心驚地說道：「利用緊急連結、私自闖入請您見諒，但是這……」

「沒事，其他人呢？」白陵然抬起手，在男子身邊打開了治療術法，暫時性地替對方止血，並去除上頭沾黏的毒素。

像是鬆了口氣般，男子開口繼續回答：「其他人沒事，我作爲誘餌引開黑術士，讓其他族人順利脫身，但是黑術士跟得太緊了，我不得以使用以前長老交給我的聯繫術法，硬是將自己傳送到此……我想黑術士不至於會闖入族長您的大結界當中……」

抬起手，讓對方閤上嘴巴，白陵然漠然地看著族人身後，「在你沾染黑影那瞬間，沒有禮貌的人已經跟著闖入了，你先退下吧。」

「！」男子猛地回過頭，看見庭院造景中的大樹底下出現了穿著黑色斗篷、低垂著頭部、駝著背脊走出來的矮小人影，正是攻擊他們的黑術士。沒想到自己爲了掙脫，竟然把這樣的東西帶進了妖師族長的隱居之地，他瞬間冷汗直流，不知道該怎麼回去面對栽培自己成爲戰士的長老。

「這事不怪你，你不說我也不說，他們不會知道你想利用我的結界這件事。我原諒你的過錯，不會進行懲罰，畢竟現在這裡沒有其他人，我不用耗費精神想辦法放你一馬，退開吧。」白陵然說著，從滿懷感激的族人臉上收回視線，看著藏躲在樹邊的入侵者。「既然闖進妖師一族，必定有你想說的話，我會視內容來決定你的下場。」

看不見面孔的黑術士發出了令人不安的森冷笑聲，沙啞的嗓音從有著許多皺摺的喉嚨裡乾澀地傳來：「……妖師也快完啦……是個小孩族長……既然這樣，何不與我們黑暗同盟聯手……免去妖師墮落……重掌世界大權……」

「你死了幾次？」

「……什麼？」

白陵然微微瞇起眼睛，「我的族人們，殺死你幾次？」

黑術士陰森森地笑了出來，「十七次……我們是……無法被殺死的……」

話還沒說完，黑色的血液突然從斗篷中滴出，黑術士哽了一聲，猛地跪倒在草地上，沾染毒素血液的草皮漸漸枯萎，不過很快便停止污染速度，黑藍色的陣法在異族膝蓋下緩緩轉動著，混合了時間術法的封印術正在封鎖外來的邪惡力量。

「……小孩子……你殺不死我……你……殺不死……」黑術士的聲音變大了起來，挾帶著凶狠的怒氣，「……黑暗同盟……才是妖師一族的……救贖……！」

「我們的救贖，不是你說了算。」揮了下手，白陵然看著陣法完全吞噬黑術士，將無禮的存在拖進地面，直到黑暗氣息完全消失。

「族長。」確認黑術士真的完全失去蹤影後，男子連忙站回原位。

「黑術士很難殺死，可惜的是我早已學會混合了反覆時間的空間術法，將他殺至最後一口氣封印在空間當中不斷重複他的垂死，直到完全消耗掉力量，總有一天他會在千萬遍的死亡中眞的死去。」白陵然冷笑了聲，「你就這麼回答長老們吧，他們知道該如何做。」

「是！謝謝族長！」男子感激地低下頭，然後才意識到剛才事情的疑問，「族長是怎麼學會……」他們的族長年紀非常輕，妖師一族的人都知道。畢竟妖師一族繼承族長地位的首要條件是「擁有眞正的妖師力量」，所以無關是否本家直系血脈，只是這個力量出現的機率幾乎都在本家而已。年輕的族長繼任妖師後，大多時間都留在此地，除了去學院以外，很少四處走動，所以他不太明白族長為什麼會擁有這麼高深的術法。

同時調動空間與時間兩種力量已經是極高難度，況且還要混在一起封印黑術士更是難上加難，族裡的長老們還不一定能辦到。

像他這種年紀的同輩族人都猜測過，大家還曾聚在一起談論過這事情，但也沒有說出個所以然，問長輩們也都不太清楚，只知道首領眞的很強，非常地強，很可能是近幾代中最強的妖師首領，而且還知道很多他們不知道的事情。

所以許多人都在猜妖師首領可能有什麼特別的傳承，會把力量遺留給下一任，可是經由其他長老證實，前兩代的首領沒有類似這樣的傳承，更別說力量也沒強到如此，好像有點知道的人又全部封口不談，他們就更不懂了。

「有時候有些人，想要去到一個用盡生命也無所謂的地方時，他就會想盡辦法去達到目的地。光是會這點小法術，也算不上什麼。」白陵然淡淡勾起唇，幾乎將自己看見的黑暗與眼前晴朗的天空重疊。「你休息一會兒，自行離開吧。」

「是！」

※

「不用替那位先生包紮嗎？」

端著茶點走進起居室裡，辛西亞看著青年回到原位，她微笑著替對方撥開落在額前的髮絲，順帶淨化掉血氣。

「不用了，他闖進來我都沒責怪他，他自己會想辦法。」握住精靈的手，白陵然讓精靈坐到自己身邊，「況且只是小傷，馬上就會痊癒。」

「嗯。」辛西亞回以笑容，重新幫兩人斟滿溫熱的茶水。

細細的熱氣飄上來，白陵然恍惚之間，似乎又看見了黑暗。

帶著悲愴又懊悔的心，拖著殘破的身體，那點讓世界懼爲天敵的力量幾乎在發狂的破壞之後用罄。

他看見的是，曾經名爲凡斯的人行走在黑暗中，毫無星子的深深黑夜裡只有自己沒有規律的粗喘聲，以及不斷從身體裡流失的生命。

至少在死亡前，他必須要挽回些什麼，他無法接受自己用殘忍結束曾經小心翼翼捧在掌心上、視若珍寶的最後光明就此破碎。

他的族人們慘死，他的親人們慘死，那些血液被大地吸收，魂靈回歸安息，而他不知道自己會去哪裡。他不斷地祈求，希望自己殘酷的語言力量能夠被收回，像毫無一物又悲慘的乞丐奢求著從未見過的主神能夠愛護他的子民，將黑色力量從白色種族身上驅解，一次又一次地祈禱，一次又一次地對著黑色的天空吶喊。

然後他詛咒自己，詛咒著魂靈，詛咒著自己無法進入安息，必定飄蕩。

湖水的聲音在耳邊不斷響著，那裡有著精靈軍，有著聯合軍，還有許多鬼族環伺，但是這一切都已經無法讓他停下腳步。

你不會太快死亡，你應該痛苦地直到最後。

他還有時間，他還能有時間挽救。

他必須挽救。

黑暗中，想起的是那些曾經過往的點點滴滴，族人們日出而作日落而息，孩子們在保護之下，雖然必須躲避白色種族但至少能順利成長。想起了落在自己眼前的光亮，那純淨的笑容與時常搞得他怒火三丈的行爲舉止。想起了遊走各地時，那些不知他們身分，總是對他們報以笑容的臉龐。

必須要挽救。

他知道有人在看著自己，帶著火焰的力量氣息，帶著白色純淨力量的氣息，在黑暗中他看不見那些人，也已經不在乎那些人。

他努力地祈求著主神，努力地詛咒自己。

之後，他的意識被剝離，力量也被剝離，他知道自己會被四分五裂，所有的一切會隨著時間，被活著的人繼承下去。

白陵然眼前的黑暗散去。

茶香洗去了黏膩的戰場血腥，精靈美麗的身影在眼前背對著自己，動作輕柔地撫著花瓶中的白色花朵。

「然，你還好嗎？」

「嗯。」拿起一塊盤中的糕點，白陵然咬下一小口，品嚐著小吃的甜味。雖然只是廉價的甜點，不過卻有難得樸實的氣味與微淡的米香氣。看來褚冥玥也不是隨便一家就買，而是認眞挑過，眞的找了家挺不錯的小店，能將這樣的小東西做得又便宜又好吃。

「你不斷收集妖師一族先祖破碎在外的意識記憶，在自己的身體培養重組，我擔心你的負擔會太大。」辛西亞看著青年，擔憂地說著：「小玥不知道這些事，妖師一族也不知道，你沒有任何幫手。」

「我有妳啊。」勾起笑容，白陵然握住女性伸過來的手，將手上剩下小半口的糕點放進對方美麗的雙唇當中，「不礙事，這些我都能處理。」

雖然沒有繼承強大的力量，但是繼承了記憶已經足以讓他變成三人中最爲強大的一人，更別提他也同時擁有當代妖師所具備的眞正力量。

「在時間之流收集碎片，可不是簡單的事。」辛西亞嚥下了糕點，依偎在青年身邊，頭側靠著溫暖寬大的肩膀，「我想陪著你一直走下去，見證你所相信、執著的那些事物。」

「所以我很小心，我不會讓先祖的記憶吞噬我，他也永遠無法吞噬我，白陵然並不是凡斯，我會永遠在妳身邊，讓妳見證妳所相信、跟隨的所有事物，我們能永遠走下去。」輕輕撫摸著精靈柔軟的長髮，白陵然在帶有草木香氣的髮頂上吻了吻，「以我妖師之名發誓。」

千年前，那人只能因爲自己的錯誤帶著懊悔離世。

千年後，他不會讓自己與一族步上相同的悲劇。

而且，他們都能活得很好，如冥玥在公會中縱橫，發展自己，如冥漾在學院中成長，身邊有著朋友們保護。還有其他在各自領域中活動的族人們，他不會再讓任何一個人重複著那樣的悲慘。

他亦能做得更多，更多。

※

他在黑暗中甦醒。

已經記不得是第幾個黑夜，飄蕩的破碎靈魂沒有時間的感覺，無法得知從那之後過了多少日子。

他只記得詛咒自己，不會就這樣消散，他會過得比他的光明還要痛苦，時間不會就這麼輕易消失，他會破碎成千萬片，即使被時間流域沖刷得只剩下幻影，他也會持續尋找著恢復最後一點光明的方法。

痛苦與懊悔不會終止，就這麼攀附在每一塊靈魂碎片上，讓他想起自己該做的事情。用盡最後一絲力量他也必須掙扎著去找出那可能的希望。

凝結的詛咒總是能夠吸引來其他同樣抱有悔恨無法長眠的殘存靈魂與意識，他在黑暗的波浪中閱讀了支離破碎的各種記憶。如此維持著半清醒的意識，不知道又過了多少時間，他好像在一名白色種族的僅剩記憶中，找到了名爲銀空的地方。

時間之流中會有許多時間衝撞造成的異常小空間，這些地方通常過一陣子會再次被吞噬消失，有些則是會留存下來，形成一個進一步增長的異空間，甚至會儲存並轉化落進異空間裡的力量。

在那其中，有一個叫作「銀空」的地方。

那個地方有著「銀滴」這樣的東西，又或者如這名白色種族殘存記憶中，被稱爲「悔恨之淚」的修補生命時間之物。

只是想在時間之流找到這樣的異空間並順利取出，就連精靈也無法辦到吧。

一小片殘存的靈魂能做到什麼？

雖然如此，但是他不願意放棄，在靈魂再次破碎之前，他拚了命地想要找出這個地方。

隨著時間流轉，他又從黑暗中醒來。

不知道經歷第幾次撕裂，他的靈魂已經變得很小很小，有許多事情都記不起來，唯一記住的，是想要找到「悔恨之淚」，要怎麼取得、怎麼將那抹希望帶給未來，他無法思考。

他只知道自己必須要能找到。

於是一次又一次地，繼續隨著時間之流不斷地在黑暗中飄蕩、奔找。

究竟何時才能將這願望傳達出去？

究竟何時主神才能聽見他的祈求？

他又漸漸無法思考，只有詛咒連繫著他僅剩的意識，不讓他輕易完全死去，也不讓他有完整的靈魂能夠回歸安息之地。

挺好的……這樣挺好……

※

白陵然睜開眼睛。

再次從黑暗中醒過來，窗外已是黃昏的晚霞，紅色的夕陽將庭院中的花草樹木染得瑰麗，彷彿把他的屋子帶進了不同的空間裡。

受傷的族人早已經離開，他看見桌上有幾張信箋，是族裡其中一位長老傳送過來報告後續消息。

那支小隊原本是他派遣出去抹殺一些想利用妖師消息來賺錢的黑色宵小。妖師消息在黑市中有著誘惑商人的天價，從最貴的行蹤出沒，到最無聊的妖師吃過什麼，都有人買。既然有人買，就表示那些商人會帶著傭兵不知廉恥地四處挖出妖師的行蹤，所以在這方面他不會留情，只要有人掌握了妖師消息，他便連根拔起，直接讓所有相關的人事物消失在世界上，任何人都無法找到。

想要利用妖師又抱持著邪惡心思的人，就得承擔妖師的報復。

過往的妖師早就學會從逃避轉變爲融入社會，潛伏在人類之中，一直到他這一代，他培植出更多商業好手，短短幾年擴展出其他種族作夢也不會想到的商業管道，以此來保護妖師一族的行蹤。

唯有力量越強，才越能讓自己的族人走得更長遠。這點不管是在眞正的力量上，或者是產業上都能夠證明。

打開第二張信箋，是報告褚冥漾等人的行蹤。

哈維恩非常認眞在執行自己的任務，努力守護著少年，並從旁輔導他。

一名夜妖精戰士能夠彎下高傲的腰去照顧還沒完全成長的妖師，白陵然覺得這眞的是種幸運。不管對褚冥漾或是他而言——他其實沒有想過要收回妖師一族下面原有的其餘黑色種族，也沒有讓他們重新效忠的意思。

這還不是黑色種族的年代，暫時不需要戰爭，他們只要過好自己的生活即可。

然而沉默森林依舊是忠心地回到妖師一族的身邊，所以他派出能夠接管的人，賦予沉默森林新的任務。

首先庇護了夜妖精們，分享了妖師一族隱藏的龐大資源，讓夜妖精們重新發展，但也不干涉太多他們的戰士部署，只指導沉默森林進入森林深處，將眞正的力量藏匿起來，並在地下規劃出訓練能用的堡壘，安置強大的戰士們。

對外則是繼續維持原本沉默森林無言不語的表象。

另外帶回了一批有商業潛質的夜妖精，撥了專人訓練他們去學習新的商業手段，指導夜妖精開闢新的經營管道。

這些事情雖然初期還看不出成果，但是慢慢地會開始收穫，最快半年，沉默森林所擁有的會與外人認知的相差甚大，這也將成爲他們未來能夠完全保護自己的眞正利器。

哈維恩也知曉這些，他知道自己如果不要離開沉默森林，被妖師一族所徵召的話，他將會有更進一步的成長，或許能夠變成更強大的戰士。不過，他放棄這些，願意屈就自己去照顧一個小孩，堅守著無法防範的變化，甚至在出現惡兆時，還必須讓自己染上夜妖精最害怕的鮮血與污名。

白陵然知道自己欠那個夜妖精許多，所以他讓自己最相信的左右手去培植沉默森林，作爲他的補償，他們必須要讓沉默森林在最短的時間內強盛起來，這同樣也是他身爲妖師首領的任務之一。

總有一天，黑色種族必須顚覆世界時，沉默森林就是帶領其他附屬種族的領頭羊，協助妖師一族訓練更多的同伴。

雖然這個未來還很久遠。

收起心神，他繼續翻看其他信箋。

有些小隊回報著好消息，或是抹除掉誇張的流言、眞正的情報，或是產業上有了加速性的成長；而有些消息則不是那麼好，可能是又折損了年輕不懂事的族人，可能是遭到捍衛白色種族的極端分子干擾。

這個時代已經好得很多，有不少白色種族願意理解黑色種族，在守世界的學院也能看見妖魔與精靈攀談的畫面，不再像千年前那樣發現異端便是戰火不歇。

現在，眞的已經好很多，所以他才能讓自己分心，去搜索散落的可悲碎片。

即使每次進入時間流域都會損傷身體，而收回要梳理的雜亂靈魂記憶又必須耗費極大的力量與心神，他還是盡力一點一滴去做。

慢慢拼湊著那些懊悔、悲痛、瘋狂、混亂，壓抑著不被那些可怕的情緒干擾。

他不知道在時間流域裡有多少這樣的碎片，只能時不時地去撿拾，而且時間流域與外面的時間速度不同，他必須很精準地控制自己待在那裡的分秒，才不會消失十天半個月的，否則妖師一族八成會因爲族長消失引起大亂。

幸虧擁有千年前的記憶與血脈，他後來摸出一套辦法可以很快地找到附近有的碎片連繫，但如果不夠近還是只能空手而回，而十之八九都是這樣毫無收穫的結果。

「也不知道多久才能完成。」嘆了口氣，白陵然無奈地往後一靠，看著最後一分晚霞從自己屋內消失，真正地降下黑暗。

能完成嗎？

搜索這些殘破的靈魂，或許直到他時間用盡的那天也無法有太大的進展吧。

※

他再次從黑暗中清醒。

到底……多久了……

那片銀空，究竟能不能見到？

執著地詛咒自己，執著地祈求，執著地尋找銀色的天空。

還有多少機會能夠再繼續漂流？

他只是，想要觸碰希望。

「即使觸碰到，你還能如何？」

那是誰在說話？

黑暗中，他感覺有人朝他走來，然而他只能感覺。僅存的碎片只剩指尖大小，他連睜開眼睛這樣的事情都辦不到，這是他僅存也是最後的感覺了吧。

冰涼的手將他從黑暗中撈起，原本因爲詛咒力量而聚集在他身邊的其他意識像是棉絮般鬆軟軟地散開。

是誰？

「我注意你很久了，分散的靈魂記憶，微不足道的碎片，如此殘弱不堪，竟然妄想去沾染不屬於你的力量。」

那是他唯一的光，他僅能做到的事情。

他只能反覆這樣的……想法……他已經碎裂得連自己是「什麼」都無法記住，他不知道自己被時間之流沖刷成什麼樣子，或許現在的自己只是很小的一部分，就像螻蟻一樣的碎片，又或許還存在的「本體」壓根不知道銀空這件事情。

但是他必須……必須去做。

即使痛苦，也必須做，而且他其實也早已麻痺得不知道何謂痛苦，他只依稀記得似乎曾經有一道微光在那邊。

「你其實不用這麼繼續尋找，『你』已經與時間交際的主人們有所約定，直到那一天來到，你留下的最後祝福能夠慢慢地修補挽救你的過錯，即使需要很久的時間。」

清冷淡淡的聲音傳來。

其實有些不太理解對方的意思，但是來者可能是想向他傳遞什麼比較好的消息。只是，他還是必須要找到那片天空才行。

「你詛咒自己，不願意被冥府或是安息之地帶領，分散的靈魂記憶只會添加悲痛，這樣持續了數百年，傷痛只會吞食你越來越少的機會，你很難再有歷史時間，這種代價眞的值得嗎？」

值得……

肯定值得……

不論變成怎樣，他都必須要找到才行。

「唉，眞糟，這樣好像會被追究責任……眞是……」

他好像隱約能聽見嘆息聲，捧著他的手開始移動，某種冰冷卻有些許溫暖的力量流進他這小小的碎片當中，他好像能稍微看見些許。

四周依然是一片黑暗。

但是，白色的身影就在他眼前，好像有一雙湛藍美麗的眼眸看著他。

「如果見到銀色天空，你是否能夠安息？」

什麼是安息？

他不明白。

「那麼，你就睜開眼睛，好好地看看這片天空吧。」

他緩緩地看清楚了，就在他們的頭頂上有著一整片銀白色的天穹，沒有太陽，也沒有其他的雲朵，一整片的銀色天空。

周圍是一小片草地，與一棵僅有的銀色樹木。

樹木的樹身上有個凹洞，似乎有什麼儲存在裡面。

他終於能看上一眼，他長久以來尋找的東西，那是屬於他的光明，以及希望。

「傻呢，你帶不走，你也不知道為何而找，你只是一小片散亂的靈魂記憶，什麼也不是，這樣的東西連碰也無法碰，連踏進也踏不進，然後你就會這麼消散了。」

那也……沒關係，他見到了光，知道有些事物能夠成為希望。

可以。

慢慢失去意識時，似乎又聽見了嘆息聲。

※

白陵然皺起眉。

他帶回的記憶碎片非常微小，他也不知道這碎片漂流了多久，但是他沒想過曾有人插手過碎片的記憶。

那個異空間，很顯然是眞實存在的，銀色的天空，唯一的樹木，以及儲存於內的銀滴。傳說中能夠修補受損的靈魂與生命時間，但是，那些東西就連精靈都無法取出，卻有人能夠輕鬆踏進。

……時間種族？

倏然站起身，他走向牆邊的櫃子，從裡頭翻找出一個小木盒，接著鬆手，任由木盒往地上墜落。

小盒子並沒有撞上地板，而是在空中落水般，濺起了漣漪，接著消失。

「妖師首領，你的代價已經到達時間交際，不過我實在不想和外人有往來。」

清冷的聲音傳來，白陵然轉過頭，看見畫軸中的畫面。

慵洋洋的黑髮青年不帶情感地看著他，把玩手上的小盒子，「這等代價，是想要交換什麼大事嗎？」

「許久之前，不願意歸往任何一處的先祖在你那邊留下最後祝福，以此約定來挽救他的憾恨，但是他是以什麼作爲代價？讓你願意爲先祖留下這份祝福來化解詛咒？」白陵然始終沒有想清楚這部分，他的表弟很單純，不會去想太多，但是仔細想想，凡斯成爲亡者之後，力量記憶都被分散，他又有什麼與時間交際的主人作爲交換？

「……那是，必須保守祕密的約定。」青年冷淡地回應對方：「我沒有義務回答，交換也不行。」

「有時間種族存在嗎？」白陵然瞇起眼，觀察著青年的一舉一動，可是對方根本不爲所動，什麼也看不出。

「時間種族一直存在，不是嗎。」青年用手指打開了小盒子頂蓋，露出了裡面透明的冰晶花朵，「眞正的時族，存在於過去、現在與未來，和你們身邊那些半吊子不同，監控妖師什麼的，他們並不會去做，因爲無論你們如何躲藏，他們都在記錄著。」

「算了，比照代價，我能否請求您一件事情。」

「說吧。」

……

結束與時間交際主人的談話後，白陵然關上櫃子。

身後亮了起來。

「然，我們在外面一起走走吧。」提著銀色燈盞的精靈帶著美麗的微笑，並沒有問他爲何要讓屋內黑暗一片。

他牽起精靈的手，兩人一起走進庭院。

辛西亞沒有開口詢問，他自然也沒有開口說些什麼，他們就這樣握緊彼此的手，慢慢地在這每天都看著的庭院中慢慢地散著步，緩慢的步伐不時會停下來，仰望著美麗的星空與銀色偌大的月盤。

「下次，我們一起去尋找吧。」

晚風帶來絲絲花香，辛西亞靠在妖師的身邊，微笑地說著：「時間流域，即使是精靈，也能小小地散步一會兒。」

「好。」摸著精靈的長髮，白陵然點點頭。

過了一會兒，振動翅膀的聲音打斷了他們短暫的安靜享受。

放開了精靈，白陵然抬起手，一隻白色的小雀鳥停在他的指尖上，緩緩地將帶來的訊息交託給他。

「然？」看著青年半晌的失神，辛西亞握緊對方。

「……沒事。」回過神，白陵然微笑，「三王子的後人甦醒了，他們帶了些話回來。」

「哎，那眞是值得慶祝的事。」看著青年似乎某部分放鬆了下來，露出連自己也沒發現的欣喜笑容，辛西亞能確定那一定是非常非常值得慶祝的事情。

「是，我們一起爲三王子的孩子祝禱吧。」白陵然轉過身，按了按眼角。身後的精靈也沒有側過身來看他，只是帶著笑容等待他轉回。

小白雀再度展翅消失在星空之下，精靈沒有追問帶來怎樣的消息，僅是等他準備好，牽著他的手，兩人走向了月光下，由精靈吟唱起美麗的純淨歌謠，一首接著一首，伴隨著黑色種族的心語力量，朝遠方送出祝福。

白陵然知道自己可以放下一部分的重擔，那是伴隨著古老記憶而扛起的，那巨大得令人發狂的苦痛似乎被開了一條口，開始緩解傷痛。

「我們……身爲凡斯的後人，一直都知道三王子不曾責怪過先祖，先祖的記憶中，三王子是光明，從來不會憎恨，也從未對黑暗有過怨恨，先祖知道那個人即使是死，也很單純地不會責怪任何人，他只會微笑接受一切。我們會放下枷鎖，但是我依然會繼續尋找，只要有可能性……我希望總有一天先祖能夠重新擁有時間。」看著身邊的精靈，白陵然帶著有些苦澀的笑，「這份記憶太過沉重，我不想再傳給下一位子孫，總有一天，應該要還給它眞正的主人才行。」

所以他重拾拼湊、重拾拼湊，希望微渺，但卻還是有希望。

就像那個碎片，總有一天能眞的看見銀色天空吧。

「嗯，我們一起找吧，就只有你與我。」辛西亞抬起手，輕輕地撥開青年落在額前的髮絲，「我願意爲我們的冰牙王子盡一份力量，雖然很微弱，但我們可以一起彌補這些遺憾，不是嗎。」

白陵然握著精靈的手，微笑，「我們能做到，以我妖師的力量發誓，我認爲我們能夠一起做到，就算要耗盡時間。」

直到有一天，那些破碎的靈魂記憶能夠重組，不論要花費多久……

辛西亞伸出手，抱著眼前的大孩子。

回抱著精靈纖細的身軀，白陵然嗅著柔細的髮香。

黑暗之中充滿著對未來的希望。

然而，他知道還有隱憂。

出現在冰牙族聲稱自己手上有銀滴的鬼族究竟抱持著怎樣的想法，還有只有時間種族能進入的銀空，他是怎麼從裡面得到銀滴——如果他真的持有。

雖然曾經是先祖的友人，但是接二連三地想要觸動精靈族與妖師一族，甚至動用、破壞先祖的遺體，眞是越來越挑戰他的脾氣了。

出手對付鬼族，看來是遲早的事。

白陵然瞇起眼睛，計畫在心中成形。

膽敢對妖師出手的人，最終都必須要有承擔妖師一族怒氣的覺悟。不論是神、是妖魔，都相同。

他不會放過傷害妖師一族的人，也不會放過想要利用這些事物的人。

安地爾嗎？

總有一天，他們會眞正交手的。

〈銀空〉完

特殊傳說II

黑小雞的煩惱

by 紅麟

國家圖書館出版品預行編目資料

特殊傳說II.恆遠之書篇 / 護玄 著.
——初版.——台北市：蓋亞文化，2018.04
冊；公分.

ISBN 978-986-319-341-8（第五冊：平裝）

857.7　　　107003666

悅讀館　RE329

特殊傳說II 恆遠之書篇 05

作　　者　護玄
插　　畫　紅麟
封面設計　莊謹銘
總 編 輯　沈育如
發 行 人　陳常智
出 版 社　蓋亞文化有限公司
地址：台北市103承德路二段75巷35號1樓
電話：02-2558-5438　　傳真：02-2558-5439
電子信箱：gaea@gaeabooks.com.tw
投稿信箱：editor@gaeabooks.com.tw
蓋亞讀樂網：www.gaeabooks.com.tw
郵撥帳號　19769541　戶名：蓋亞文化有限公司
法律顧問　宇達經貿法律事務所
總 經 銷　聯合發行股份有限公司
地址：新北市新店區寶橋路二三五巷六弄六號二樓
電話：02-2917-8022　　傳真：02-2915-6275
港澳地區　一代匯集
地址：九龍旺角塘尾道64號龍駒企業大廈10樓B&D室
電話：+852-2783-8102　　傳真：+852-2396-0050
初版七刷　2023年11月
定　　價　新台幣 240 元
Published and printed in Taiwan

ISBN 978-986-319-341-8

RE329
GAEA

特殊傳說II 恆遠之書篇 05

蓋亞文化　讀者迴響

感謝您在茫茫書海中選擇了蓋亞，您的支持是我們最大的動力。
不要缺席喔，讓我們一起乘著夢想的羽翼，穿越時空遨遊天地！

姓名：	性別：□男□女	出生日期：　年　月　日
聯絡電話：	手機：	
學歷：□小學□國中□高中□大學□研究所	職業：	
E-mail：		（請正確填寫）
通訊地址：□□□		
本書購自：　縣市　書店		
何處得知本書消息：□逛書店□親友推薦□DM廣告□網路□雜誌報導		
是否購買過蓋亞其他書籍：□是，書名：		□否，首次購買
購買本書的動機是：□封面很吸引人□書名取得很讚□喜歡作者□價格便宜 □其他		
是否參加過蓋亞所舉辦的活動： □有，參加過　場　□無，因為		
喜歡出版社製作什麼樣的贈品： □書卡□文具用品□衣服□作者簽名□海報□無所謂□其他：		
您對本書的意見： ◎內容／□滿意□尚可□待改進　◎編輯／□滿意□尚可□待改進 ◎封面設計／□滿意□尚可□待改進　◎定價／□滿意□尚可□待改進		
推薦好友，讓他們一起分享出版訊息，享有購書優惠 1.姓名：　e-mail： 2.姓名：　e-mail：		
其他建議：		

◎請沿虛線剪開、對摺、裝訂後寄出

◎請沿虛線剪開、對摺、裝訂後寄出

廣告回信　郵資免付
台北郵局登記證
台北廣字第00675號

TO：蓋亞文化有限公司　收

103 台北市承德路二段75巷35號1樓

GAEA

Gaea